또 하나의 고도

또 하나의 고도

1판 1쇄 발행 2024년 11월 27일

지은이   양달막
발행인   이선우
발행처   도서출판 선우미디어
　　　　　등록 | 1997. 8. 7 제305-2014-000020
　　　　　02643 서울시 동대문구 장한로 12길 40, 101동 203호
　　　　　☎ 2272-3351, 3352 팩스: 2272-5540
　　　　　sunwoome@daum.net   greenessay20@naver.com
　　　　　Printed in Korea ⓒ 2024. 양달막

값 13,000원

ISBN 978-89-5658-785-1 03810

또 하나의 고도

양달막 수필집

선우미디어 sunwoomedia

문단 데뷔 20년 만에 첫 수필집을 내겠다고 하니, 출판사 사장의 첫 마디가 "게을렀네"라고 했다. 인정한다. 부끄러움을 드러내는 게 수필이다. 거기에 게으르기까지 했으니 더 부끄럽다.

그래도 수필집 한 권은 남겨야 한다는 사명감에 여러 수필지에 실렸던 글을 옮겼다. 이것마저 게으르다. 책을 낸다고 보강하는 게 아니라 여기저기 실린 글을 이삭 줍듯이 모아서 겨우 책 한 권을 만들다니 말이다.

수필의 첫걸음을 떼게 해주신 J선생님, 전남대 평생교육원에서 시 강의를 해주신 S선생님께 감사드린다. 그리고 오로지 수필 하나 붙들고 수필에 대한 걸 가르쳐주신 〈동부수필〉의 임병식 고문님, 백과사전만큼 아는 게 많고 낱말에 대한 적확한 뜻을 알려주신 이희순 회장님께 고마움을 전한다.

무엇보다 곽경자(이하 선생님 생략, 가나다 순), 김종호, 박주희, 엄정숙, 오순아, 윤문칠, 이선덕, 이화, 임경화, 차성애 회원에게 사랑한다는 말을 전한다. 〈동부수필〉이 없었으면 글의 발전은 없었을 것이다.

안타까운 것은 친정엄마 돌아가시기 전에 이 책을 안겨드리고 싶었는데 그러지 못해서 또 한 번 게으름을 원망한다.

두 어머니인 공영례 여사와 임선진 여사에게 이 책을 바치면서 존경과 사랑의 말씀도 함께 올린다. 그림자 같은 내 식구에게도.

2024년 11월
양달막

또 하나의 고도 | 양달막 수필집

차례

chapter

1

*

설
렘
의

묘
약

내가 마음껏 책을 읽을 수 있도록 새 책을 거저 빌려주었던 그 시절의 서점 주인이 얼마나 고마운 사람이었는지 깨달았다.

　버지니아 울프는 마음 놓고 책을 읽을 수 있는 장소가 천국이라고 했다. 대여점을 천국으로 여기는 건 내 욕심이다. 이제는 노안이 와서 돋보기를 끼지 않으면 글자가 안 보인다. 돋보기를 사용하기 전까지는 장정일의 말처럼 책만 읽는 직업이 있으면 좋겠다고 생각했다.

　책은 언제나 설렘의 묘약으로 내 마음을 사로잡고 놓아주지 않는다.

　―본문 중에서

울기 좋은 곳

＊눈물은 영혼이 말없이 이야기를 나누는 방법이다.

― 에바 킬피

어느 아가씨의 통곡이 잊히지 않는다. 사돈의 장례식장에서였다.

조문을 마치고 장례식장 앞에서 내가 탈 차를 기다리고 있는데, 뒤에서 크게 우는 소리가 들렸다. 두 손으로 얼굴을 가리고 우는 아가씨를 친구로 보이는 옆의 아가씨가 부축해서 식장을 나오고 있었다.

"시연아~ 시연아~ 니가 왜….'

이렇게 울부짖으며 그 아가씨는 화단 가에 주저앉아 주위에 신경을 쓰지 않고 통곡했다. 시연이라는 이름이 낯설지 않았다. 아까 장례식장 안의 전광판에 적힌 고인의 프로필에서 봤던 젊은 여자의 이름이다. 긴 생머리를 한 20대로 보이는 사진이라 눈에 띄었다. 세상의 근심·걱정은 하나도 없는 사람처럼 활짝 웃는 모습이었다. 그 모습이 아름다워서 미소가 나오려 했지만 급히 표정을 바꿨다.

그 나이쯤에 세상을 떠난 막냇동생이 문득 떠오른 데다 장례식장이
어서다.

'저렇게 젊고 예쁜 아가씨가 왜 세상을 떠났을까?'

안타까웠다.

주위 사람의 시선을 의식하지 않고 통곡하고 싶은 날이 내게도
얼마 전에 있었다. 울고 싶은데 울지 못한 날이었다. 그날 우리 식구
는 고흥 여행 중이었다. 바다 색깔은 예뻤고 바람은 상쾌해서 감탄
사가 저절로 나왔다. 여동생의 문자를 받기 전까지는 그랬다.

'빌어먹을 날씨는 왜 이리 좋은 거야?'

엄마가 아파서 누워 계신다는 동생의 문자를 읽은 후, 애먼 날씨
타박을 했다. 운전하는 남편 옆에서 울 수가 없어서 옆으로 고개를
돌려 하늘을 보며 눈만 깜박거렸다. 시어머니와 친정엄마는 동갑이
다. 한 어머니는 자녀들과 여유롭게 여행 중이고 한 어머니는 아파
서 누워계신다. 시어머니는 칠순 잔치와 구순 잔치를 예식장 빌려
성대하게 하셨다. 엄마는 집안에 우환이 있어서 칠순 잔치조차 거절
하셨다. 자식이 많아도 늘그막에 함께 있어 주지 못하는 자식들이
무슨 소용 있겠는가. 어르신들 모시고 농사지으면서 온갖 고생을
하셨으면서도 말년에 혼자 계시는 엄마다.

세상은 넓은데 나 혼자 소리 내 울고 싶은 곳이 어디에나 있지는

않았다. 탁 트인 요동 벌판을 보며 "훌륭한 울음 터로다! 크게 한번 통곡할 만한 곳이로구나!"라고 말한 연암 박지원은 슬플 때만 우는 게 아니라고 했다. 기쁨이 사무치면 울게 되고, 즐거움, 노여움, 사랑, 욕심, 즉 칠정이 사무쳐도 운다고 했다. 내가 울고 싶은 건 슬픔과 분노였다.

여자가 남자보다 더 오래 사는 이유 중의 한 가지는 자기감정에 솔직하기 때문이라는 글을 읽었다. 그 감정 중의 하나가 울음이다. 울고 싶을 때 참지 않는다는 말이다. 마음껏 울 수는 있지만 아무 데서나 울 수 있는 건 아니다. 남자들 역시 그럴 것이다. 남자는 태어나서 세 번만 울어야 한다는 걸 예전의 어르신들은 강조했다. 지금은 그런 말을 거의 하지 않지만 남자는 울음이 헤퍼서는 안 된다는 무의식은 깔려 있다. 남자라고 왜 울고 싶을 때가 없겠는가. 타인의 시선을 의식해서 참고 있을 뿐이다. 무인도에 혼자 있어도 그렇게 참고 있을지 궁금하다.

여동생의 영정사진에 한 방울 떨어진 아버지의 눈물을 기억한다. 아버지는 우리 앞에서 우신 적이 없었다. 그런 아버지가 화장터로 가기 전, 집안을 한 바퀴 도는 스물일곱 살의 동생 사진을 어루만지며 잘 가라고 하셨다. 한 방울의 눈물 뒤에는 폭발하기 전의 활화산처럼 더 많은 눈물이 고여 있었을 것이다. 엄마는 마루를 치며 우셨다. '아버지도 실컷 우세요,' 이 말을 하고 싶었다.

아무 데서나 우는 새들이 부러웠다. 사람들은 대개 새들의 지저

귐을 운다고 말한다. 노래라고 말한 사람도 있다. 내가 즐거우면 새의 지저귐이 즐겁게 들릴 것이고, 슬프면 슬프게 들리지 않을까 싶다. 단지 내가 새의 언어를 몰라서 울음과 웃음을 구별하지 못할 뿐이다.

남의 눈치를 안 보고 우는 사람 중에 갓 태어난 아이가 있다. 아이의 울음이 본능인지 감정이 있어서인지 아니면 의사에게 맞은 엉덩이가 아파서인지는 모르겠다. 울음은 모든 생물에게 필수다. 울고 나면 카타르시스가 느껴진다. 울고 싶지 않은데 억지로 울어야 하는 조선시대의 곡비(哭婢)라는 직업이 있었다. 양반의 장례 때 울음이 끊어지지 않도록 울어주는 계집종을 일컫는다. 진정한 슬픔이 우러나서가 아니라 품삯을 받기 때문에 알지도 못하는 누군가의 죽음을 위해 소리를 내 울어주는 일이다. 울다 보면 자기 슬픔에 겨워 울음이 북받칠 수도 있다. 흔히 장례식장에서의 울음이 슬픔도 있겠지만 자기 설움에 겨운 것이라고도 한다. 죽은 사람의 슬픔을 겉으로 내세워 자신의 슬픔을 덤처럼 묶어 눈물을 자아내는 것이다. 동생의 문자를 받은 나 역시 곡비처럼 울고 싶었다. 큰 소리로 운 다음, 코 한 번 풀고 찬물로 세수하고 거울에 비친 얼굴을 보면서 벌게진 눈이 가라앉기를 기다리는 시간을 가져보고 싶은 날이었다.

(2023)

오지랖과 배려

*배려는 사람 사이의 연결고리다.

- 조안드아르크

아름다운 뉴스만 전해주는 매체가 있는지 모르겠다. 나도 사고 뉴스 속의 주인공이 될 수 있었다.

우리 수필문학회 회원들이 어느 작가의 출판기념회에 초대받아서 간 날이다. 예식장에서 출판기념회가 끝난 뒤, 작가 사인이 적힌 책도 받았다. 준비해 놓은 저녁 식사를 마치고 가장 친한 회원인 H와 함께 예식장을 나왔다. 그리고 주차해 놓은 H의 차에 올랐다. 그녀의 집에 가는 길에 우리 집이 있다. 올 때 나를 태운 것처럼 갈 때는 나를 내려주면 돼서다.

우리가 안전띠를 매고 있을 때, 누군가 내가 앉아 있는 조수석의 유리창을 두드렸다. 나는 유리창을 내렸다.

"제가 어디에서 내릴 건데 가는 길에 거기까지만 좀 태워주실 수 있습니까?"

카메라를 멘 젊은 남자가 물었다.

그곳은 시내버스 정류장이 가까이 있지 않은 경사진 곳의 끝에 있다. 우리 회원이 아니더라도 지역의 문인들 얼굴은 거의 아는데 이 남자는 생소했다. 카메라를 매고 있어서 어느 잡지의 기자려니 했다. H는 한 치의 망설임도 없이 타라고 했다. 키가 큰 호남형의 남자여서인지, 사람을 잘 믿어서인지는 모르겠다. 고맙다는 인사를 한 남자는 뒷좌석에 올랐다. 차가 출발하려는 순간 누군가 또 다급하게 유리창을 두드렸다. 내가 탈퇴했던 시(詩) 모임의 회원인 박 선생이다.

"H 씨, 제가 오늘 차를 안 갖고 왔는데 시내까지만 좀 태워주세요."

박 선생은 H의 대답은 필요 없다는 듯 "실례하겠습니다."라고 카메라맨에게 말을 건넨 뒤, 차에 올랐다. H와 나는 어이없다는 듯 마주 보며 고개를 저었다.

나는 박 선생과 한 공간에 있는 게 어색했다. 하고많은 차 중에 우리가 탄 차를 선택했다는 게 못마땅했다. H도 그랬을 것이다. 그럴만한 이유가 있다.

수필모임을 갖기 전에 우리는 시 모임의 회원이었다. ○○대학교 평생교육원 문예창작과에서 시 공부를 하던 사람들이 강의실 밖에서 따로 만든 모임이다. 한 달에 한 번 모임을 했다. S라는 여자가 모임에 들어오기 전까지는 기다려지는 모임이었다. 그녀가 들어온 얼마 뒤가 12월이라 회원들은 송년회를 했다. 그날은 저녁밥을 먹은 뒤에 모처럼 노래방에도 갔다. 회원들이 신나게 노는 노래방을 나와 화장실을 다녀오는 내 앞에, 기다렸다는 듯 복도 한쪽에서 박 선생이 나를 불렀다.

"저한테 무슨 할 말 있어요?"

나는 의아해서 박 선생에게 다가갔다.

"달막 씨! S 씨에게 좀 더 따뜻하게 대해 줄 수 없어요?"

책망의 말투였다. 박 선생의 말뜻을 이해하지 못한 나는, 잠에서 막 깬 것처럼 눈만 껌벅였다. 잠시 뒤, 무슨 말이냐고 물었다.

내가 S 씨를 탐탁지 않게 여기는 건 사실이다. H 역시 그녀가 입회했을 때 심드렁했다. 입회하고 싶은 사람을 결정하는 건 회원들이다. 회원의 과반수가 찬성하면 된다. 그런데 회원들의 결정 없이 남자 회원들 몇 명이 입회를 시켰다. 일방적 통보였다. 남자 회원 한 명이, 곧 S 씨가 우리 모임에 들어올 거라는 말은 귀띔했었다.

초등학교 6학년 때 달마다 반장을 뽑았다. 월말고사에서 1등을 한 학생이 다음 달 반장이 된다. 내가 1등을 했을 때, 선생님은 나를 교무실로 부르셨다. 명숙에게 반장을 양보하면 좋겠다고 낮은 목소리로 말씀하셨다. 강압적인 뉘앙스가 풍겼다. 그녀의 엄마는 학생들에게 학용품을 돌렸고 학급 비품도 샀다. 공부를 잘한 명숙이는 반장도 해본 경험이 있었다. 내성적인 나는 '선생님이 정한 규칙을 선생님이 지키지 않네요.'라는 말은 하지 못했다. 선생님의 말씀을 거역하면 큰일 나는 줄 알았던 열두 살의 나는 선생님 말씀을 좇았다.

S 씨의 입회도 이런 경우와 다름없었다. 회원들 앞에서 인사말을 하는 그녀는 건성으로 손뼉을 치거나 굳은 표정의 H와 내 모습을 봤을지도 모른다. 그녀는 남자 회원들과는 동성처럼 지냈지만, 여자 회원들과는 거리를 두었다. 식당에서 밥을 먹을 때는 남자 회원들의 심부름을 곧장 했다. 모르는 사람이 보면 종업원이라고 생각했을 것이다. 식탁의 김치까지 양손으로 찢어서 먹기 좋게 놔두는 걸 보면 그 김치가 먹고 싶지 않았다. 비위생적이라서만은 아니다.

"달막 씨와 H 씨가 자기를 미워하는 거 같다며 S 씨가 눈물을 글썽이더라고요."

박 선생은 이 말까지 덧붙였다.

'박 선생님이 S 씨 가족이라도 됩니까? 왜 그녀를 두둔합니까?'

이런 말이 나올 뻔했다. 남자 회원들하고만 어울리든, 소문처럼 기상천외한 행동을 하든 내게 직접적으로 손해를 끼치지 않는 한 상관하지 않았다. 내게 그런 서운한 마음을 직접 이야기하지 않고 제삼자에게 했다는 게 기분 나빴다. 그 뒤에 박 선생과 S 씨를 보는 게 껄끄러웠다. 결국 H와 나는 그 모임을 탈퇴했다. 시를 공부하는 것도 좋지만 내키지 않는 모임에 굳이 나가고 싶지는 않았다. 그 뒤, 수필을 사랑하는 사람들이 모임을 만들었다. 다들 뜻이 잘 맞아

10년 넘게 이어가는 중이다.

그랬던 박 선생이 그 모임의 회원도 아닌 우리 뒷좌석에 앉아 있는 게 어색했다. 유리창을 활짝 열고 싶었지만 추운 날씨라 참았다. 내 뒤통수에 꽂혀있을 박 선생의 시선도 싫었다.

"선생님 집은 지난 거 같은데요?"

아파트 밀집 지역을 지났을 때 내가 박 선생에게 말했다.

"알아요. 시내에 볼 일이 좀 있어서요."

박 선생은 대답을 준비하고 있었다는 듯 말했다.

조금 더 가다가 카메라맨이 내려달라고 했다.

"무슨 여자들이 그리 겁이 없습니까? 누구인지도 모르고 아무나 태워요?"

카메라맨이 내린 뒤에 다시 차에 오른 박 선생은 잘못한 아이를 꾸중하는 부모처럼 말했다.

조금 더 가서 박 선생도 차에서 내렸다.

'우리가 누구를 태우든 무슨 상관이야.'

나는 입을 내밀며 박 선생 뒷모습을 보았다.

그 일이 있은 지 이틀 뒤의 지방 뉴스를 듣는 내 몸에 소름이 돋았다. 며칠 전의 저녁에 젊은 남자 둘이서 승용차에 타려는 여자를 납치해서 뒷좌석에 태운 뒤, 차를 몰고 다니며 돈을 빼앗고 성폭행 시도까지 했다는 것이다. 아직 범인을 못 잡아 공개수사를 한다는 내용이다.

　박 선생은 카메라맨이 우리 차에 타는 걸 보고 예감이 이상해서 일부러 함께 탔다. 행여나 차 타길 거절할까 봐 대답을 듣지 않고 차에 오른 것이다. 예식장에서 박 선생의 집까지는 운동 삼아 걷기 좋은 거리다. 박 선생은 카메라맨이 내리는 걸 본 뒤에 안심하고 내려서 집까지 되돌아간 걸로 보인다. 물론 그 카메라맨이 수상한 사람이라고 단정하는 건 아니다. 최악의 경우를 무시할 수도 없는 현실이다. 박 선생이 우리에게 생명의 은인일 수도 있었다. S 씨에 대한 박 선생의 행동은 오지랖, 우리에 대한 행동은 관심 뒤의 배려다. 그렇게 믿고 싶다.

　이 글을 쓰기 전 다른 도시로 이사한 H에게 그때의 이야기를 했다. "설마 그 남자가 나쁜 사람이었겠어? 기자 맞겠지."라고 H는 말했다. 이 또한 믿고 싶다.

(2023)

정 나누기 운동

*마음은 팔 수도 살 수도 없지만 줄 수 있는 보물이다.

– 플로베르

축의금 때문에 등을 지고 사는 사람들이 있었다.

직장 동료의 자녀 결혼식 때 축의금을 냈는데, 정작 자기 아이 결혼 때는 그 동료가 축의금을 주지 않았단다. 얼굴을 마주쳤을 때 미안한 표정으로 어떤 해명이라도 했으면 화가 안 났을 거라고 했다. 그렇게 데면데면하다가 가까웠던 사이가 멀어졌다니 안타까운 일이다.

"요즘 정이 메말랐어."

사람들은 가끔 이런 말을 한다.

오래전에 '정 나누기 운동'을 실천한 영애 씨가 생각났다. 그녀는 지금의 동네로 이사 오기 전의 동네 가게 여주인이다.

"안녕하세요?"

나는 새로 생긴 그 가게에 들어서며 인사를 했다. 그동안 가까운 곳에 가게가 없어서 불편했다.

2인용으로 보이는 소파에 앉아 책을 읽던 여주인은 책을 내려놓으며 반갑다고 말했다. 검은 뿔테 안경에 피부가 곱지 않고 덩치도 큰 여자였다. 우락부락한 첫인상은 책을 읽는 모습에 가려졌다. 책을 좋아하는 동질감이라고나 할까. 벽을 따라 매대가 있고 가운데는 두 개의 매대가 있을 정도로 넓지 않은 매장이었다. 나는 뻥튀기를 골라 계산했다. 여주인은 200원을 돌려줬다.

"뻥튀기값은 맞게 드렸는데요?"

내 말에 "뻥튀기 귀퉁이가 몇 개 깨져서 제값을 받을 수가 없어서요."라고 했다. 부서지기 쉬운 과자라 그럴 수도 있다며 거스름돈을 안 받으려고 하자 기어코 내 손에 쥐여줬다. 안 그러면 자기 마음이 편하지 않다고 했다.

그 가게는 동네 사랑방 같았다. 그녀는 가게 옆 한쪽에 있는 부엌에서 부침개를 만들거나 고구마를 삶기도 했다. 살림집은 위층이지만 종일 가게에 있다 보니 한쪽에 부엌을 만들었다고 했다.

"이거 맛은 없겠지만 가져가서 드세요."

그녀는 간식을 만들 때마다 싸서 줬다. 내가 괜찮다고 사양하면 "우리 정 나누기 운동하잖아요?"라고 했다. 그녀에게 들은 '정 나누기 운동'이란 말이 정겹게 들렸다. 좋은 일을 나누면 배가 되고 나쁜 일을 나누면 절반이 된다는 말이 있다. 물론 내게만 주는 것은 아니었다. 다른 손님이 왔을 때도 권했다. 가게 쇼케이스냉장고 위에는 크지 않은 돼지저금통이 하나 놓여있다. 손님들이 넣어준 동전이 가득 차면 불우이웃돕기를 한다는 그녀. 때로는 돼지저금통이 차기 전에 자기 돈을 보태 아동복지 시설에 전했다고 했다.

나는 간식을 받기만 하는 게 미안해서 그녀에게 계속 책을 빌려줬다. 우리 집에 책이 많은 게 다행이었다. 그녀는 도서관에서 책을 빌리고 싶어도 가게 문을 닫을 수가 없다고 했다. 남편과 사별하고 딸 둘을 키운 여자다. 딸 둘은 취직했는데, 둘째 딸은 타지에 있다. 아침에 문을 열기 전에 가까운 시장에 얼른 다녀오고, 은행에 갈 때는 어쩔 수 없이 잠시 문을 닫는다고 했다.

"제가 가게를 봐 드릴게요."

그랬더니 아니라고 손사래를 쳤다.

남에게 신세 지는 걸 싫어하는 성격 때문이다.

가게에 앉아 이야기를 나누는 시간도 늘었다. 어느 때는 미성년자로 보이는 젊은이가 와서 담배를 달라고 하면 주민등록증을 꼭 보여달라고 한다. 집에 두고 왔다면서 아무리 애원해도 팔지 않는다. 요구르트 배달하는 아주머니에게는 점심때 도시락을 먹을 수 있게 소파를 내준다. 둘이 나란히 앉아 점심을 먹을 때도 있다. 가게 앞은 자주 쓸어서 항상 깨끗하다. 오래된 버드나무가 있어 잎이 많이 떨어지는 곳이다. 가게 앞에는 작은 화분이 즐비하다. 남이 버린,

죽어가는 화분을 가져와서도 잘 살린다.

그렇게 오랜 세월을 친하게 지냈다.

어느 날 그녀가 봉투 두 개를 내밀었다.

"지금 시골에 집을 짓는다면서요? 곧 이사하겠네요. 언제 애들을
결혼시킬지 모르겠지만 일단 받으세요. 나도 곧 경기도에 있는 딸네
집에 가야 해서 몇 년간은 집을 비울 거 같아요."

그녀는 외손녀를 봐달라는 둘째 딸의 부탁을 거절할 수가 없었다
고 했다. 나는 그녀의 성격을 알기에 봉투 두 개를 받았다. 그녀의
두 딸이 결혼할 때 내가 축의금을 냈었다. 나 몰라라 해도 된다.
우리 애들이 결혼하려면 아직 멀기만 했다. 가까운 사이가 아니고
떨어져 살다 보면 대개 축의금이나 부조금 내는 걸 잊거나 소홀히
한다. 돌려받으려고 내는 것은 아니다. 다만 받아놓고 상대방에게
일부러 내지 않는 경우는 섭섭할 것이다.

축의금이나 부의금 때문에 등지고 사는 사람들의 말을 듣고 나니
양심적이고 정이 많았던 가게 여주인인 그녀가 다시 생각났다.

얼마 전에 그 동네를 지나게 됐다. 몇 년 동안 공방이었던 곳이었
는데 간판은 없어졌고 문도 잠겨 있었다.

'아줌마! 가게 문 닫기 잘했어요. 요즘 대형 상점이 많이 생겨 동
네 구멍가게가 거의 문을 닫았거든요.'

2층으로 오르는 문은 셔터가 내려져 있었다. 그녀에게 전화해 보니 그 가게는 직장에 다니는 남자가 잠만 자게 해달라고 해서 허락했단다. 없어진 가게와 베어져 흔적도 없는 버드나무, 그녀 없는 옛 동네는 쓸쓸함과 그리움을 자아낸다.

(2023)

일탈

＊ 모두 원해 어딘가 도망칠 곳을 모두 원해

- 자우림의 〈일탈〉 가사 일부

서른여덟 살에 미치고 싶지는 않았다. 그해 여름에 나는 모노드라마 〈셜리 밸런타인〉의 주인공처럼 일탈했다. 집안의 벽하고만 대화하는 40대 중년의 평범한 주부 '셜리 발렌타인'. 엄마와 아내로만 살아오던 그녀는 가족으로부터 소외당하는 생활을 한다. 그녀는 자아를 찾기 위해 무작정 그리스 지중해로 떠나는 일탈을 감행한다. 그녀는 지중해로 나는 친정으로 갔다. 연극을 보기 전의 일이다.

서양과 우리의 정서가 다르긴 해도 나 역시 사는 게 녹록지 않았다. 결혼은 둘만의 것은 아니었다. 원래의 식구보다 손님이어야 할 식구가 더 많은 가정이다. 열 명의 식구 틈바구니에서 12년간 참았다. 내 생일에 부부싸움을 했다. 터지기 직전의 풍선에 바늘을 꽂은 건 남편이었다.

'사람이 이렇게 해서 미치는구나!'

숨을 쉴 수가 없는 곳에서 탈출하지 않으면 내 행동을 제어할 수 없는 지경에 이를 것만 같았다. 그렇긴 해도 집을 나설 용기가 없었다. 자매 중에서 내가 의지하고 있는 동생에게 전화했다.

"언니! 지금 갈 테니까 당장 짐 싸놔!"

동생은 명령조로 말하고는 전화를 끊었다. 다혈질적인 동생이지만 안 올 수도 있지 싶었다. 차로 두 시간 거리에 사는 데다 직장에 다녀서다.

세 시간여 뒤에 동생은 초인종이 있는데도 소리 나게 대문을 두드렸다. 그 집에는 들어가기 싫으니까 당장 나오라고 했다. 가족에게는 알리고 싶지 않았지만, 시장에서 장사하시는 시어머니에게는 친정에서 좀 쉬고 오겠다는 전화를 드렸다.

"밥은 누가하고?"

어머니는 그렇게 한숨을 쉬셨다.

나는 다섯 살인 딸의 손을 잡았고, 동생은 붐비는 시장에서 아이 손을 놓치지 않으려는 엄마처럼 내 팔목을 잡아 차에 태웠다.

유난히도 더웠던 그해 여름, 우리는 친정으로 들어섰다.

"엄마, 아버지! 저 좀 쉬러 왔어요."

힘없는 내 목소리에 부모님은 아무것도 묻지 않았다.

'여태까지는 부모 교육을 잘못 받은 자식이 되지 않으려고 꾹 참았어요. 하지만 더 참을 수가 없었어요.'

이 말은 차마 할 수가 없었다. 내가 선택한 결혼이다.

마당 넓은 집의 나무에는 매미가 그악스럽게 울어댔다. 추위는 못 참아도 더위는 잘 견디는 나였지만 방안에 가만히 앉아 있어도 땀이 줄줄 흘렀다. 나는 선풍기를 틀지 않고 땀을 흘리며 견뎠다. 이까짓 더위쯤이야 내가 살아온 세월에 비하면 아무것도 아니었다. 힘들었던 시간을 땀으로 내보내고 싶었다. 땀을 흘리고 나니 마음이 가벼웠다. 그다음에 동네 도서 대여점에 가서 책을 빌렸다. 책을 옆에 쌓아두고 뒹굴면서 읽고 싶은 일을 행동에 옮겼다. 주위의 모든 것이 내게 실망을 줘도 책은 그러지 않았다.

책을 펼쳤지만 내용보다 집 걱정이 먼저 머릿속으로 들어왔다. 시어머니는 부엌에 들어가신 지 오래돼서 밥하는 것도 잊어버렸는데, 아홉 살의 아들은 엄마를 찾을 테고, 직장에 다니는 시누이와 중고생인 조카들의 도시락은 누가 싸주나? 하는 것 등이었다. 여름 방학이 며칠 안 남았다는 게 그나마 다행이었다. 쓸데없는 걱정이라고 잊어버리자고 했지만, 습관이 하루아침에 변하지는 않았다.

며칠 뒤 남편이 왔다. 아버지는 꿇어앉아 있는 남편에게 호통을 치셨다. 여태 아무 소리 안 하신 부모였지만 그날은 처음으로 사위에게 화를 내셨다. 기왕 온 김에 더 쉬게 해서 나를 보내겠다고 아버지는 말씀하셨다. 고개만 숙이고 있던 남편은 일어서면서 내게 봉투하나를 내밀었다. 여태껏 고생 많은 거 다 아신다면서, 거기 있는 동안 보약 좀 해 먹고 푹 쉬었다 오라 하셨다는 시어머니 말씀도 전했다. 나는 시어머니를 좋아하지만, 기혼의 시누이들 가족까지 당신 옆에 끼고 사는 행동은 그릇된 판단이라는 말은 하고 싶었다. 딸도 남편 편에 보냈다.

친정에 머무는 동안 나는 마리오네트 인형 줄을 끊었다. 시간을 마음대로 조절하며 살았다. 늦잠을 자고, 군것질거리를 옆에 놓고 뒹굴뒹굴하면서 책을 읽었다. 극장에도 가고 노래방에도 가고, 백화점에서 쇼핑도 했다. 시어머니가 보내준 돈으로 보약을 먹지는 않았다. 30대에 보약은 필요하지 않았다. 나 때문에 가슴앓이하셨던 부모님의 약을 해드리고, 내가 하고 싶었던 것들로 썼다.

친정을 나선 건 달력이 8월로 바뀐 뒤였다. 20여 일의 일탈은 내게 휴식을 안겨줬다. 옥상에서 번지점프를 하는 일탈은 무모하지만, 내 일탈은 12년의 세월을 바꿔놓았다. 귀가한 내게 식구들은 예전과 다른 태도를 보였다. 나는 해야 할 일 외에 하고 싶은 일도 했다. 손숙의 모노드라마 〈셜리 발렌타인〉을 보고, 요가학원에도 다녔다. 저녁 시간에는 컴퓨터학원에 다녔다. "어머니가 이해하셨으면 다음으로 넘어갑니다." 학원 선생님은 가장 연장자인 나를 보며 진도를 나갔다.

가족이 상대해 주지 않는 외로움 속에 빈 둥지 증후군을 떠올리면서 일상을 탈출해 그리스에서 새 삶을 시작한 '셜리'와 현실을 잠시 벗어나 자아를 찾은 내게 박수를 보냈다. 1994년도 일이다. 지금은 92세의 시어머니를 비롯해 다섯 식구만 살고 있다.

(2022)

두 소년

* 교육은 원래 가정에서 이루어져야 하는 것으로 부모보다 더 자연
스럽고 호적한 교육자는 없을 것이다.

- 헤르바르트

여름이면 그 계곡의 두 소년이 생각난다. 부모님과 형제자매가
백운산의 계곡에 있는 산장에 모이는 게 여름의 연례행사다. 부모님
의 생일이 여름에 들어서다. 재작년부터 2년 동안은 코로나 팬데믹
발생으로 가지 못했다. 수십 번을 갔지만 기억에 생생한 일이 있다.
두 소년의 이야기다.

그해에도 우리는 예약해 놓은 산장의 평상에 모였다. 평상 아래
쪽 그리 깊지 않은 계곡에는 아이들이 몸을 담그고 있었다. 어른들
도 있다.

"할아버지! 우리 물놀이해요!"

닭 불고기를 거의 먹었을 무렵, 어린 조카들이 남편을 불렀다.
고모부인데도 조카들은 남편을 할아버지로 부른다. 겉늙어 보이는
데다 나이로 쳐도 할아버지뻘이긴 하다. 불감청고소원(不敢請固所

願). 더운 여름에는 온종일 물속에서 살았으면 좋겠다고 말하는 남자다. 하지만 조카들이 부른다고 바로 물속에 들어가는 건 채신머리 없는 짓이라는 듯 그는 가족들의 눈치를 보고 있었다. 얼른 들어가 보라는 엄마의 말에 마지못한 듯 일어섰다. 물론 조카들이 부르지 않아도 물속에 들어갈 사람이다. 그는 가벼운 옷차림으로 돌계단을 내려갔다. 아이의 눈높이로 놀아주다 보니 조카들은 여름이면 항상 저희 고모부를 기다린다.

그와 조카들의 물장난이 시작됐다. 양손으로 서로의 몸에 물을 끼얹고 피하고 얼굴의 물을 훔치고 물을 피하려고 뒤돌아서는 모습. 동심으로 돌아가 장난을 치는 그의 모습이 천진하기만 하다. 나이나 체면 때문에 주위의 시선에 신경을 쓰느라 우리는 많은 것을 참고 양보하고 포기도 하면서 살아가는 것 같다. 혼자는 살 수 없는 세상에 사는 인간이기 때문이다.

손이 작은 조카들은 물을 많이 맞은 게 억울해서인지 바가지를 들고 가서 그에게 물을 마구 끼얹기도 했다.

"야! 니들 그거 반칙이다!"

그의 말에 조카들은 "할아버지 손은 크잖아요?"라며 아랑곳하지 않았다.

우리는 남은 음식을 먹으면서 많은 이야기를 했다. 그곳은 시원하다 못해 춥다. 매미 소리, 물 흐르는 소리, 물속 사람들의 고함, 닭 익는 냄새, 바람 따라 날리는 연기, 음식을 나르는 아르바이트생들의 잰 발걸음.

"아저씨! 왜 우리 아들을 울려요? 우리 아들이 뭔 잘못을 저질렀다고 그러냐고요?"

갑자기 옆 평상에서 여자의 앙칼진 목소리가 들렸다. 여자의 시선은 남편에게 꽂혀있었다. 주위 사람들의 시선도 그쪽으로 모였다. 그와 조카들 사이에서 이방인처럼 다섯 살 정도의 소년이 물총을 손에 든 채 울고 있었다.

"얘가 먼저 우리 할아버지한테 물총을 쐈어요!"

"그래서 우리 할아버지가 하지 말라고 했는데 말을 안 들었어요."

조카들이 여자를 쳐다보며 억울하다는 표정으로 한마디씩 했다. 여자는 제 아이에게 화를 내면서 올라오라는 말만 했다. 그는 더 이상 놀 마음이 없다는 듯, 조카들에게 잠시 쉬겠다면서 평상으로 올라왔다. 상황은 이랬다. 그와 조카들이 신나게 물놀이하는 모습이 부러웠는지 옆에 서 있던 소년이 갑자기 그에게 물총을 쐈다고 했다. 재미있게 노는 데 끼고 싶었는지 아니면 자기도 우리 조카들처럼 그를 공격 대상으로 삼았는지는 모르겠다.

"꼬마야~ 하지 마."

그는 좋게 타일렀다고 한다. 그런데 녀석은 들은 체 만 체 혼자 신이 나서는 남편의 얼굴을 향해 물총을 쏘아댔고 급기야 귀에 물이 들어갔다고 한다. 화가 난 그가 "녀석아, 그만 하라니까!"라며 조금 큰소리를 냈더니 아이가 울어버렸다는 것이다.

"저럴 땐 사과해야 하는 거 아냐?"

"저런 여자를 헬리콥터 맘이라고 하는 거야."

"내가 한마디 해주려다가 저런 몰상식한 여자와 상대하기 싫어 참았어."

우리 자매는 이런 말을 했다. 매미 소리가 그악스럽게 들렸다.

그날 오후, 그는 점심을 먹은 후 물에 또 들어갔다. 한숨 자려고 평상에 누웠는데, 입술이 보라색으로 변한 조카들이 또 불렀다. "이 놈의 인기란…"이라면서 그는 다시금 물에 들어갔다. 잠시 후, 여섯 살로 보이는 한 소년이 그의 곁으로 가더니 "할아버지! 제가 잡은 고기예요." 하면서 버들치로 보이는 고기 몇 마리가 담긴 병을 그에게 보여줬다.

"야! 할아버지 아니야. 우리 고모부야~"

지들은 할아버지라고 부르면서 옆에서 이런 참견을 하는 조카들. 그러자 그 소년은 "죄송합니다. 아저씨!"라고 했다. 앞의 소년처럼 또 버릇없는 아이면 어떡하나 하는 건 기우였다. 소년은 예의를 지키며 장난을 쳤다. 조카들과도 동네 친구처럼 금세 어울렸다. 옆 평상의 아까 그 소년은 물에 못 들어가서 아쉽다는 듯 자기 엄마 눈치를 봤고, 여자는 아들의 시선을 무시했다. 한참이 지난 후, 아이들은 지치지도 않는지 자기들끼리 장난을 쳤고 그는 물속에서 목만 내놓고 휴식을 취하고 있었다. 태양과 산꼭대기의 거리가 멀지 않게 보일 때 모두 밖으로 나왔다.

"아저씨, 이거 드세요."

물에서 나와 평상에 앉아 수박을 먹고 있는 그에게 조금 전까지 함께 놀던 소년이 사탕을 든 양손을 내밀었다. 고맙다는 그의 말을 들으며 소년이 돌아가는 곳을 보니 부모로 보이는 남자와 여자가 평상에 앉아 있었다. 그들은 우리를 향해 눈인사를 했다. 우리 아이와 놀아줘서 고맙다는 표정이었다. 이 부모는 자식을 참 잘 키웠다는 생각이 들었다.

해 질 무렵, 집으로 가기 위해 갖고 갔던 물건을 차에 옮겼다. 그때 조금 전의 소년이 우리 차 옆으로 달려오더니 "아저씨, 안녕히 가세요."라고 그에게 허리 굽혀 인사를 했다. "너도 잘 가!"라고 남편은 머리를 쓰다듬어 주었다. 우리가 손을 흔들며 소년이 온 곳을 보니, 소년의 부모가 차 옆에서 우리를 향해 천천히 고개를 숙였다. 여자는 임신 중이었다.

"나도 저런 아들 하나 낳고 싶다."

내 말에 동생들이 "언니 곧 환갑이야 꿈 깨!"라고 해서 모두 웃었다. 지금은 초등학생이 됐을 그 소년을 계곡에서 본다 해도 알아볼 수는 없겠지만 아름답고 건강하게 자랐을 거라고 믿는다.

(2023)

설렘의 묘약

*이 몸 오래도록 술에나 취해 볼까 두 눈은 책 안 보고 견디기
  어렵구나

                              - 이덕무의 <원소수의 운을 따라>

"새집으로 이사하면 우리 며느리에게 서재를 하나 만들어줘야겠
어."

언젠가 시어머니의 친구분이 내게 전해준 이야기다.

책이 나보다 더 좋으냐고 묻는 남편에게 손사래를 치면서도 속으
로는 혀를 내밀었다. 이건 마치 "아빠가 좋아, 엄마가 좋아?"라고
묻는 것과 같다.

자기와 결혼해 주면 한 달에 책을 몇 권씩 사주겠다던 남자는 그
런 약속을 기억하지 못했다. 다만 시립도서관 옆에 땅을 사서 집을
짓긴 했다. 도서관이 가까이 있어서라기보다는 여러모로 조건이 좋
아서였다. 테라스에서 도서관이 바로 보인다. 도서관 위로 집라인
을 탄 사람들이 악을 쓰며 지나간다. 하루 이틀도 아닌 시끄러운

소리에 짚라인 줄을 잘라버리고 싶다. 시립도서관 위로 지나가는 세계 유일의 짚라인이지 싶다. 도서관 가까이 살다 보니 굳이 많은 책을 살 필요를 느끼지 않는다. 더구나 내 책은 언제든지 읽을 수 있다는 안이함 때문인지 읽는 걸 미루기 일쑤이니 말이다.

　팔아야 할 새 책을 내게 빌려준 서점 주인이 있었다. 직장에 다니면서 자취생활을 할 때였다. 퇴근하면 바로 가는 곳이 옆 건물에 있는 그 서점이었다. 학교 앞도 아니고 아파트를 끼고 있지도 않아서인지 작은 서점은 손님이 별로 없었다. 나는 서점으로 들어서며 주인 남자에게 공손하게 인사를 했다. 신문을 읽던 아저씨는 고개만 살짝 들어서 내 인사를 받았다. 나의 공손한 인사에는 책을 뒤적거리다가 사지 않더라도 봐주기를 바라는 얄팍한 속셈이 깔려 있었다. 《설득의 심리학》이라는 책에는 '상호성의 원칙'이 적혀있다. 누구에게 뭔가를 받으면 그에 대해 보답해야 한다는 강박관념이 사람에게는 있다고 한다. 30대 후반으로 보이는 그는 키가 작았지만 미남자였다. 식사 시간이면 그의 아내가 나와서 남자와 자리바꿈을 했다. 서점 안쪽에 살림집이 있었다. 키가 큰 그의 아내는 임신한 배가 무거운 듯 양손으로 허리를 받치고 걸었다.
　'아저씨의 얼굴과 아주머니의 키를 닮은 아이가 태어나면 환상의 조합인데….'
　이런 생각을 하다가 고개를 흔들었다. 아인슈타인과 메릴린 먼로의 일화가 떠 올라서다. 당신과 결혼하면 내 외모와 당신의 두뇌를 닮은 아이가 나올 것이라고 메릴린 먼로는 말했다. 아인슈타인은, 확률은 반반이기에 정반대의 결과가 나올 수 있다면서 그녀의 청혼을 거절했다고 한다.

조촐한 서점에서 책을 뽑아 선 채로 읽었다. 세상에 책은 많은데 읽을 시간이 부족하다는 데 생각이 미칠 때마다 화가 난다. 서점 주인이 돼서 책을 실컷 읽어야겠다는 꿈을 꾸곤 했다. 아울러 책을 읽지 않는 서점 주인을 이해할 수 없었다.

"아가씨. 이 의자에 앉아서 봐요"

밥을 먹고 나온 주인 남자는 등받이 없는 둥근 의자를 내 쪽으로 밀었다. 그 의자는 내 전용 의자가 되었다.

"아가씨, 내가 책을 빌려줄 테니까 집에 가서 읽고 가져와요"

매일 출근하다시피 하던 어느 날, 서점 주인이 말했다. 나는 귀를 의심하며 "네?"라며 반문했다. 대여점도 아닌 곳에서 새 책을 빌려준다니 말이다. 서점 주인은 책을 손실하면 배상해야 한다는 말을 덧붙여 나를 안심시켰다. 나는 고맙다는 말을 두 번 하고 아저씨의 마음이 변할까 봐 재빨리 서점을 나왔다. 5분 거리도 안 되는 곳에 있는 집이 멀기도 했다. 방에 들어서자마자 종이로 책가위했다. 책 읽기를 멈출 때는 책갈피를 끼우고 음식을 먹은 후에는 손을 씻고 나서 책을 읽었다. 책값을 배상하고 싶지 않은 점도 있었지만, 책에 대한 예의이기도 했다. 도서관에서 빌린 책에 김칫국이 묻었거나 줄이 그어졌거나 가름끈이 있는데도 책장이 접힌 자국을 보면 속이 상한다. 독서 자격증도 있어야 한다는 생각이다.

잠자기 전에 누워서 읽다 보면 팔이 아프다. 누웠을 때 손을 빌리지 않고 책을 읽을 수 있는 발명품을 그려봤다. 책을 독서대에 끼워놓고 버튼만 누르면 책장이 넘어가는 그런 거 말이다. 혹시 그런 기계가 있는지도 모르겠다.

책 한 권을 읽은 후 서점으로 가면 아저씨는 "빨리 읽었네?" 하면서 내가 반납한 책은 살피지도 않고 또 골라보라고 했다. 계속 빌려보는 게 무엇하여 월급날이면 두어 권씩 책을 샀다. 그렇게 산 책중에 두 권을 빌려 간 후배 녀석이 있었다. 내가 가장 아끼는 책이라 빌려주고 싶지 않았다. 주저하는 내게, 읽고 나면 꼭 갖다줄 테니까 걱정하지 말라고 했다. 마지못해 빌려준 건 책을 좋아한다는 동질성을 믿어서였다. 책 도둑은 도둑이 아니라면서 불길한 미소를 짓던 녀석은 결국 책을 돌려주지 않은 채 입대해 버렸다. 40년이 지난 지금까지 책은 돌아오지 않았다. 책 도둑은 도둑이 아니라는 말에 알레르기 반응을 보이던 내가 멀리 사는 여동생의 집에 갔을 때 수필집 한 권을 몰래 가방에 넣었다. 읽고 나서 살짝 갖다 놓으려고 했지만 나 역시 돌려주지 않았다. 뒤늦게 동생에게 자백했더니 동생은 그 책이 없어진 줄도 모르고 있었다. 동생은 내게 그 책을 가지라고 했다. 교사인 동생은 집에 있는 책을 정리할 때마다 상자에 넣어 뒀다가 내게 준다. 책이라면 사족을 못 쓰는 내겐 최고의 선물이다.

세월이 흘러, 새로 생긴 책 대여점에 갔다. 책 한 권을 뽑아서 읽다가 다리가 아파 바닥에 주저앉아 계속 읽었다.

"아줌마! 대여점에서 그렇게 읽어버리면 우리는 뭐 먹고 살아요?"

주인의 화난 듯한 목소리를 듣고서야 화들짝 일어났다. 문득, 내가 마음껏 책을 읽을 수 있도록 새 책을 거저 빌려주었던 그 시절의 서점 주인이 얼마나 고마운 사람이었는지 깨달았다.

버지니아 울프는 마음 놓고 책을 읽을 수 있는 장소가 천국이라고 했다. 대여점을 천국으로 여기는 건 내 욕심이다. 이제는 노안이 와서 돋보기를 끼지 않으면 글자가 안 보인다. 돋보기를 사용하기 전까지는 장정일의 말처럼 책만 읽는 직업이 있으면 좋겠다고 생각했다.

책은 언제나 설렘의 묘약으로 내 마음을 사로잡고 놓아주지 않는다. 어느결에 나도 이덕무 선생처럼 '간서치(看書痴)'가 되어 가는가 보다.

(2022)

옛집

*오 오 고향에 있는 건 언제나 고향의 흔적뿐

　　　　　　　　　　　　　- 이승훈 시인의 <고향>

기록하지 않으면 기억에서 희미해지다가 결국은 잊힌다.

친정 바로 옆집이 내가 태어나 오랫동안 살았던 옛집이다. 성인이 된 후, 그 집 텃밭에 집을 지어 이사한 게 지금의 친정이다. 친정으로 들어서기 전에 그 집 앞을 지나야 한다. 그때는 초가였다.

초가의 뒤란에는 하늘을 향해 큰 입을 벌린 우물이 있었다. 그 안에 사는 메기 한 마리가 두레박에 딸려 오곤 했다. 물만 있는 좁은 우물에서 무얼 먹고 사는지 궁금해하다가 도로 놓아주었다. 그 우물에 초등학교 입학을 앞둔 여동생이 빠진 적이 있었다. 동생은 물이 가득한 두레박을 끌어 올리다가 그 무게를 못 이겨 그만 빨려 들어가 버린 것이다. 다행히 바닥까지는 떨어지지 않고 우물 중간의 담벼락을 양팔로 버티고 있었다. 나는 다급하게 아버지를 불렀다. 아버지는 사다리를 우물에 내리고는 동생을 안고 올라오셨다. 동생의 얼굴은 눈물과 코피로 얼룩졌다. 우물 옆에는 빨간 열매를 단 구기자나무 한 그루가 서 있다. 부엌 뒷문을 열면 바로 우물이 있다. 수도가 들어오지 않은 시골인지라 엄마는 부엌과 우물을 하루에도 수없이 들락거렸다.

울퉁불퉁한 흙바닥의 부엌 한쪽에는 땔나무가 쌓여 있었다. 엄마는 아궁이 앞에 쭈그리고 앉아 불을 때면서 울기도 했다. 할머니의 구박과 가정적이지 않은 아버지에게 품은 서러움이었을 것이다. 윤동주의 어머니는 죽은 아들의 옷을 태우면서 오열했다. 초상을 치르는 동안 어르신들 앞에서 참았던 울음이었다. 어르신을 모시고 사는 어머니들은 마음 놓고 울 공간도 없었다. 부엌에서 차린 밥상 셋을 하나씩 힘겹게 받쳐 들고 부엌 앞문을 나와 흙마루를 거쳐 마루로 올린 다음, 다시 큰방으로 날라야 했던 엄마다.

마루는 걸터앉아 다리를 흔들어대기 좋은 곳이다. '비야 비야 오지 마라 우리 언니 시집간다'라는 노래를 부르며 마당에 내리는 빗방울이 스러지는 모습을 무심히 바라보거나, 식구들의 흐트러진 신발을 내려다보기도 했다. 더운 날에는 엎드려 숙제하고 밥을 먹기도 했다. 밥상을 방 안으로 들일 때면 창호지가 발라진 두 짝 여닫이문을 열어야 했다. 문 위에는 '精神一到何事不成'이라고 적힌 액자가 걸려있다. 세 개의 상 앞에서 식구들은 등을 굽히며 밥을 먹었다. 방문 위쪽에는 흑백 사진들이 액자 속에 갇혀 있다. 아버지의 군복 입은 모습, 엄마와 여동생이 사진관에서 찍힌 모습, 치마저고리를 입은 내가 장독대 앞에서 배를 내민 채 찍힌 사진 등이다.

밥을 먹으면서 우리는 아버지가 수저를 놓을 때를 곁눈질하며 야수었다. 우리와 달리 쌀밥만 드신 아버지는 항상 밥을 남겼다. 형제 많은 집이라 싸움도 잦았다. 잠자리에서는 이불을 서로 차지하려고 투덕거리다가 할아버지의 꾸중도 들었다. 그럴 때는 천장의 쥐들도 잠시 달리기를 멈추는 듯했다.

쥐가 많은 시절이었다. 쥐잡기 운동으로, 학교에서는 쥐꼬리를 잘라 오라는 숙제까지 내줬다. 쥐약 때문에 우리 집 누렁이가 죽었다. 그날, 밖에서 돌아온 누렁이가 괴로운 표정을 하며 미친 듯이 마당을 빙빙 돌았다. 무서움에 나는 방안에서 눈곱 재기 창으로 내다볼 뿐이었다. 누렁이는 도는 행동을 멈추더니 한쪽으로 쓰러졌다. 거품이 흐른 누렁이의 입과 굳은 몸을 보니 비로소 눈물이 났다.

"아이고~ 쥐약을 먹었네."

밖에서 오신 엄마가 혀를 차며 말했다.

대문이 가까운 아래채 헛간에는 화장실이 있었다. 할아버지는 측간이라 하셨고 우리는 변소라고 했다. 헛간의 한쪽에 있는 화장실은 큰 독에 두꺼운 판자 두 개를 걸쳐놓은 게 전부였다. 헛간 벽에는 농기구가 걸려있고, 바닥에는 재가 쌓여 있다. 화장실에 앉아 있다 보면 가끔은 기어가는 구렁이가 보였다. 밤에 휘파람을 불지 않아도 구렁이는 흔했다. 마루 아래에 똬리를 틀고 있거나 담을 넘기도 했다. 구렁이가 나가면 업도 따라 나간다는 말은 뒤에 알았다.

화장실 옆에는 허드레 따위를 넣어둔 창고가 있었다. 그 앞에는 아버지의 짐받이 자전거가 보인다. 아버지의 발이었던 자전거는 아버지가 드러눕고 난 뒤에는 제구실을 하지 못했다. 창고에서 가장 눈에 띈 건 축음기가 담긴 먼지투성이의 파란 상자다. 어릴 때 처음으로 노래를 들었던 기계다. LP를 얹고 태엽을 감으면 노래가 흐르는 그 기계가 마냥 신기했다. 태엽이 풀리면서 노래 속도도 느려졌다. 베틀에 앉은 엄마가 베를 짜는 동안, 삼촌은 나를 축음기 앞으로 데리고 갔다. 엄마를 방해하지 말라는 뜻이다. 고장이 나서인지 큰 건전지를 배꼽에 매단 라디오에 밀려서인지 축음기는 잊혔다.

창고를 지나면 군데군데 칠이 벗겨진 까만 철 대문이 있다. 딸 셋 다음에 아들을 낳았을 때 빨간 고추가 낀 금줄이 떠오른다. 딸들을 낳았을 때는 금줄이 걸렸는지 기억에 없다.

"큰며느리가 됐으면 대를 이을 아들을 낳아야지, 남의 집 귀신이 될 딸년들만 낳냐고?" 할머니에게 그런 구박을 받았던 엄마는 아들을 낳고는 편하게 미역국을 드셨다고 했다.

친정에 들를 때마다 왼쪽으로 고개를 돌려 그 집을 본다. 슬래브 지붕과 금목서만 보인다. 가끔은 개 짖는 소리도 난다. 그러나 내 눈에는 옛 시절의 초가와 우물이 어른거린다. 창고 앞에 세워둔 아버지의 낡은 자전거가 눈시울을 적신다.

(2021)

빈손

*남에게 이기는 방법의 하나는 예의범절로 이기는 것이다.

- 조쉬 빌링스

빈손으로 남의 집을 방문한 것에 관한 생각을 해봤다.

60초반의 부부 두 쌍과 한 남자가 빈손으로 우리 집에 왔다. 집을 지어 이사 온 후 맞는 그들의 첫 방문이었다. 남자들은 '어머니!'라고 살뜰하게 부르면서 시어머니 손을 잡고 건강 안부도 물었다. 어머니는 둘째 아들의 친구 부부들을 무척 반기셨다. 추운 날이라 나는 유자차를 대접했다. 그들이 학창 시절에 가끔 집에 와서 어머니가 해준 밥을 먹고 낚시를 가기도 했다는 말은 진작에 어머니에게 들어서 알고 있었다. 아직도 교수직에서 정년퇴직하지 않았다는 것도 알았다.

나는 그들이 앉은 거실 주위를 살펴보았다. 행여나 들고 온 선물을 잊고 안 전해줬나 해서다. 여자들의 핸드백만 보였다.

그들은 몇 월 며칠에 우리 집을 방문하겠다는 의사를 미리 전했다. 그래도 급히 오느라 선물을 못 챙길 수도 있었을 것이다. 오는 길에 가게가 없었나, 라고 생각해 봤다. 그들이 다녀온 장례식장에서 우리 집에 오는 거리에 가게는 수없이 많다. 이따가 집을 나서면서 어머니에게 용돈으로 쓰라며 봉투 하나를 건넬 거라는 기대도 해봤다.

먼 곳에 사는 20대의 딸 친구는 저녁때에 우리 집에 오면서 음료수 한 상자를 갖고 왔다. 친구와 여행을 왔는데 지나가는 길에 딸이 보고 싶어서 들렀다는 것이다. (필자 수필 〈20대의 우정 50대의 우정〉에 나오는 그 친구다.)

"어른들이 계시는 집에 그냥 올 수가 없어서요."

그냥 오지 이런 걸 뭐 하러 사 왔느냐는 내 말에 딸 친구는 수줍은 듯 말했다.

뒤에 딸에게 들은 말은 이랬다. 우리 집 주위에 가게가 있는 줄 알고 왔는데, 가게가 안 보여서 다시 차를 타고 나가서 사 왔다고 했다. 예의 바른 아가씨다. 우리 집 주위는 아직도 빈 터가 많은 준 시골에 속한다.

또 한 사람이 있다. 선이 엄마다.

선이 엄마가 명절 전에 가져온 선물이 달걀 열 개와 어머니의 양말 한 켤레였다. 얼른 보니 양말도 노점에서 파는 걸로 보였다.

"다음에 돈 많이 벌면 더 좋은 거 사드릴게요."

그녀는 형편없는 성적표를 부모에게 내놓은 아이처럼 멋쩍어했다.

'차라리 사 오지 말지, 달걀 한 판도 아니고 열 개가 뭐야? 저것도 선물이라고….'

나는 그런 생각을 했다.

하지만 그녀에 대한 사정을 어머니에게 들은 후, 그 작은 선물이 얼마나 값진 것인지 알았다.

그녀는 스무 살에 결혼했다. 가난한 집에서 한 입이라도 줄여보고 싶은 그녀의 엄마가 정해준 남자와 억지 결혼을 했다. 내가 결혼하기 전에 그들은 우리 집에서 셋방 생활을 했다. 그녀는 남편의 잦은 폭력에 시달렸다. 고기잡이배를 타는 남편은 집에 오면 가족을 불안에 떨게 했다. 남자의 폭력이 심할 때면 보다 못한 시어머니가 나서서 말렸다. 남편이 집에 없을 때면 그녀는 숨통이 트였다. 아버지가 있을 때는 눈치를 보며 말이 없는 딸 역시 아버지의 부재 때면 재잘거렸다.

"어이! 이거 갖고 아범 없을 때 얼른 도망가소. 이리 살다가 자네 죽네."

어느 날, 어머니는 그녀에게 봉투 하나를 주면서 딸을 데리고 멀리 가라고 했다. 그녀는 어린 딸을 데리고 서울로 갔다.

"그때 여기 어머니가 안 계셨으면 나는 어떻게 됐을지도 몰라요."

극단적인 선택까지 생각했다는 그녀는 어머니를 생명의 은인이라고 말했다. 타지에서 어린 딸을 데리고 안 해본 일이 없을 정도로 고생을 한 그녀, 남편의 폭력 후유증으로 가끔 정신을 놓고 쓰러지기도 하면서 열심히 살았다. 딸을 공부시켜서 결혼까지 시킨 후, 서울에 있을 필요가 없어서 고향으로 왔다. 나이 드니 골병이 들어서 병원 신세를 자주 진다고 했다.

기초생활보장 대상자로 사는 그녀의 달걀 열 개와 양말 한 켤레는 큰 선물이었다. '부가 있으면 남에게 호의를 베풀 수 있지만, 품위와 예의를 갖춰 베푸는 데는 부 이상의 것이 필요하다.' 갑자기 찰스 갈렙 콜튼의 이 말이 떠올랐다. 그 후로도 명절 전이면 그녀는 잊지 않고 작은 선물을 들고 어머니를 찾아왔다.

나는 딸 친구와 선이 엄마 그리고 빈손의 방문객을 비교하고 있었다.

오래전에 읽은 글이 생각났다.

홀어머니를 모시고 사는 부부가 방문을 닫은 채 뭔가를 먹었다.

"이거 어머니 드리지 말고 우리만 먹어요."

우연히 부부방 앞을 지나가던 어머니가 며느리의 이 말을 들었다. 며느리의 말에 아들은 당연하다는 대답을 했다.

'아니! 뭔 맛있는 걸 지들끼리 먹는 거야?'

어머니는 서운한 마음이 들었다. 당장 방문을 열고 싶은 걸 참은 채 궁금증을 안고 돌아섰다. 아들 부부가 방을 비운 사이에 어머니는 아들 내외 방으로 들어갔다. 그 방에서 어머니는 딱딱하게 굳은

멸치볶음을 찾아낸다. 멸치볶음을 좋아하는 어머니지만 이가 안 좋아서 먹을 수 없다는 걸 안 부부의 배려였다.

　우리 집을 찾아온 그들에게도 빈손으로 방문한 이유가 있을 터였다. 장례식장을 나와 남의 집에 갈 때는 빈손으로 가야 한다는 어르신들의 충고가 있었을 수 있다. 우리 집까지 오는 동안에 있는 여러 가게가 문을 닫았을 수도 있다. 아! 딸 친구처럼 동네에서 선물을 사려고 했는데 가게가 안 보여서 나가기 귀찮았을 수도 있다. 맡겨 놓은 것도 아닌데 선물을 생각한 내가 속물인지 모른다. 나 역시 그런 실례를 저질렀을 수도 있다. 남의 집을 방문할 때 선물을 들고 가야 한다는 의무는 없다. 얼굴 보면서 지난 추억을 꺼내는 것도 얼마나 의미 있는가. 마음의 선물이 중요하다.

　차 한 잔을 마신 그들은 어머니와 이야기를 조금 더 하고는 일어섰다. 현관을 나서는 그들에게 어머니는 또 놀러 오라고 하셨다. 그들이 떠날 때 봉투를 꺼내지 않아도 나는 이해하기로 했다. 다만 아흔이 가까운 어머니가 섭섭했겠다는 생각은 들었다.

　우리 부부는 대문 밖으로 배웅을 나갔다. 그들은 중형의 외제 차 두 대에 나눠타고 떠났다. 떠나는 승용차 뒤에서 나는 아직도 '선물'이란 화두를 잡고 있었다.

(2021)

곁에 있어도 그립다

* 누구나 자기만의 바닷가가 하나씩 있으면 좋다/ 자기만의 바닷
  가로 달려가 쓰러지는 게 좋다.

　　　　　　　　　　　　　　- 정호승의 <바닷가에 대하여>

병원 생활을 하는 친구가 내게 바다가 보고 싶다는 전화를 했다.
"바다가 이웃집 담장처럼 아무 감흥이 없다고 말한 게 너 아니었
어?"

나는 심드렁하게 대답했지만 친구가 드디어 바다에 관한 생각을
바꿨다는 걸 알았다.

내가 병원에 있을 때도 바다가 보고 싶었다. 병실 유리창 밖으로
는 높은 건물과 하늘 그리고 전봇대와 가로수가 보였다. 바다가 보
이는 곳에 있는 병원이라면 환자들의 상태가 더 나아졌을 거란 생각
을 해봤다. 바다가 보이는 아파트에 사는 이 친구는 창문 너머 보이
는 바다가 그저 정물화 같다고 했다. 늘 보는 바다는 큰 변화가 없어
서 따분하다는 말도 했다. 그저 이웃집 담장처럼 느껴진다는 말에는
반박하고 싶었다.

바다는 수시로 변한다. 잔잔한 날의 윤슬은 아름답다.

나는 마음이 답답할 때면 바다를 보러 갔다. 그러지 않으면 숨통이 막혀버릴 것만 같아서였다. 바닷가 긴 의자에 앉아 바라보는 바다와 하늘은 구분이 안 될 때도 있었다. 캄캄한 바다 위를 날다가 가끔 바다로 돌진하는 전투기 조종사가 있다고 했다. 밤바다는 까만 하늘로, 어선의 불빛은 별로 착각해 바다로 기수를 내린다는 비행 착각 현상(vertigo)이 이해됐다. 바다가 보고 싶어 감옥을 탈출한 두 남자의 여정을 그린 영화도 있었다. 바다를 본 적이 없으면서도 온갖 역경을 견디고 바다로 간 두 남자. 의사에게 시한부 인생을 선고받은 그들이 바다를 앞에 두고 맞은 죽음은 어땠을까?

"물의 본질은 변하지 않아. 주위에 존재하는 것들에 의해 물의 색이 다양하게 보일 뿐이야."

친구는 이어 말했다.

"초록빛을 띠는 것은 물속에 플랑크톤이 풍부해서고, 서해가 누렇게 보이는 것은 중국에서 불어오는 황사 먼지가 포함돼서야. 홍해는 물속에 붉은색 해조류가 많아서고, 지중해의 에메랄드빛은 산호초에서 나온 석회질 성분이 물에 녹아서 그렇게 보인다니까."

바다색이 외부 환경에 영향을 받든 말든 나는 바다가 수시로 변한다고 믿는다. 바람의 세기와 시간, 깊은 곳과 얕은 곳에 따라 색깔이 다르다. 바다 앞에 서면, 그토록 풀리지 않던 매듭이 저절로 풀리는 느낌을 받는다.

바다를 보면서 말년을 보내겠다고 멀리 경상도에서 온 노점상 할아버지가 계셨다. 그 할아버지의 노점상을 본 건 입원실 3층에서였다. 병실에서 할 일이 거의 없어 가끔 낮잠을 자다 보니 아침 일찍 잠이 깼다. 기지개를 켜며 습관처럼 밖을 내다봤다. 그 이른 시간에도 승객 두어 명을 태운 버스가 지나가고 산 아랫마을의 몇 집엔 불이 켜져 있었다. 그 시간에 중절모를 쓴 할아버지는 유료주차장 앞길 한쪽에 비치파라솔을 일으켜 세워 펴고 담 옆에 묶어놓은 짐을 풀었다. 물속에서 행동하는 것처럼 조금도 서두르지 않고 하나씩 꺼내 가판에 늘어놓는 동안 어둠이 서서히 물러났다. 할아버지는 물건을 팔러 나온 게 아니라 강태공처럼 시간을 보내기 위한 것처럼 보였다. 신문을 읽고 난 다음에는 멍하니 거리를 바라보다가 소주를 따라 마시기도 했다. 그 할아버지가 안 보이는 날은 무슨 일이 생겼나? 하는 궁금증이 생겼다.

'퇴원하면 저기서 물건 좀 팔아드려야겠다.' 나는 그런 생각을 했다. 당장 내려가서 물건을 사고 싶었으나 다리 골절을 당해 목발을 짚고 다녔던 터라 건널목 건너기가 망설여졌다. 온종일 앉아계셔도 물건 사는 사람이 별로 없었다. 그럴 만도 하다. 몇 걸음만 걸으면 이곳에서 가장 규모가 큰 시장이 있어서다.

퇴원 후, 입원했던 병원에서 물리치료를 받고 나오는 길에 나는 할아버지의 가게에 들러 당장 필요하지도 않은 손톱깎이와 때밀이 수건, 효자손을 샀다.

"어르신, 참 부지런하시네요. 새벽에 일찍 나오시잖아요?"

내 말에 할아버지는 쓸쓸하게 웃었다. 집에 있으면 할머니 생각이 더 난다고 하시고는 더운 날도 아닌데 부채질을 했다.

할머니의 고향이 이곳 바닷가였단다. 할아버지 부부는 경상도에서 오래 사셨다. 자식들을 결혼시키고 두 분만 오붓하게 살았는데, 할머니에게 치매가 왔다. 할머니는 결혼 전에 살았던 바닷가에서의 기억만은 잊지 않았단다. 치매 치료에 조금이라도 도움이 될까 해서 이곳으로 오신 거란다. 두 분이 바닷가를 산책하실 때면 할머니는 작은 배를 탔던 기억, 모래밭에서 개불을 팠던 기억을 떠올리며 기뻐했다면서 할아버지는 눈시울을 적셨다. 할머니가 돌아가신 후, 노점상을 하면서 시간을 보낸다고 하셨다.

그곳 주차장에 병원이 생긴 후 할아버지의 노점상도 없어졌다.

바다는 사람을 먹여 살리기도 하고 죽음을 안겨주기도 한다. 바닷가에 계속 늘어나는 숙박업소와 카페는 바다가 먹여 살린다. 바다가 보이는 곳에 있는 카페의 커피 한 잔 값이 자장면 한 그릇과 맞먹는다. 뷰(view)에 대한 값이다. 바다를 사용한 사람들은 바다에 세금을 내거나 선물해야 한다는 게 내 생각이다.

바다가 몹시나 그립다는 친구에게 나는 이렇게 말했다.

"친구야. 지구가 뒤집혀도 바다는 그대로 있을 테니까 걱정하지 말고 빨리 낫기나 해."

(2020)

어디에나 사이비

* 믿기만 하면 난 그것을 볼 수 있다.

- 로버트 슐러

여행 중인 찰리 채플린이 어느 마을에서 열린 '찰리 채플린 흉내
내기 대회'에 장난삼아 참가했는데 3등을 했다. 그가 친구에게 그런
사실을 말하자 친구는 "그건 자네가 자네 흉내를 냈기 때문이라네."
라고 말했다. 채플린은 그때 '남을 흉내 내서는 최고가 될 수 없다.'
라는 깨달음을 얻었다고 한다. 사이비는 곳곳에 있다.

우리 집 벽에는 제 기능을 발휘하지 못하는 뻐꾸기시계가 장식품
노릇을 하고 있다. 나무처럼 보이는 플라스틱으로 만들어진 그 시계
를 보고 있노라면 배신감을 느꼈던 그때가 떠오른다.

1980년대 초반의 초여름이었다. 어디선가 뻐꾸기 울음소리가 들
렸다. 산이 그리 가까운 곳에 있지도 않은 이런 도시에서 들리는
뻐꾸기 소리는 새로웠다. 어린 시절, 마을 주위에 있는 산에서 자주
들려왔던 소리다. 한동안 뻐꾸기 소리를 잊고 살았던 나는 방에 있

다가도 그 소리를 잘 듣기 위해 산과 가까운 쪽에 있는 부엌으로 달려가곤 했는데 어느새 그치면 안타까워 얼른 자리를 뜨지 못했다.

"너, 이런 도시에서 뻐꾸기 소리 들어봤냐? 지금이 60년대도 아니고 가까운 곳에 숲도 없는데 하루에도 몇 번씩 뻐꾸기의 맑은 울음소리를 들을 수 있다니까!"

나는 뜻밖의 행운을 거머쥔 사람처럼 흥분하며 친구에게 전화했다. 친구는 그럴 수도 있겠다고 심드렁하게 대꾸했다. 별것도 아닌 일에 나만 호들갑을 떠는 꼴이 돼버렸다.

뻐꾸기는 다른 새의 둥지에 알을 낳는다. 그 알이 부화해서 뻐꾸기가 되면 둥지 주인의 알들을 밖으로 밀어내버린다. 불청객이 주인의 둥지를 독차지하는 것이다. 둥지의 주인인 어미 새는 뻐꾸기가 자기 자식인 줄 알고 계속 먹이를 물어다 나른다. 다른 어미 새의 먹이를 받아먹으면서 자란 뻐꾸기는 20일 정도 되면 둥지를 떠난다. 둥지를 떠난 뒤에도 일주일 이상이나 먹이를 받아먹는다니 참 염치없는 새다. 그런데도 뻐꾸기의 울음은 나를 기분 좋게 만드는 힘이 있다. 어렸을 적 시골 고향 뒷산에서 울려 퍼지는 뻐꾸기의 소리는 청아했다. 〈뻐꾹 왈츠〉를 작곡한 요나손도 아마 나처럼 뻐꾸기 소리를 들은 뒤에 곡을 썼을 것이란 상상까지 해봤다.

어린 시절의 뻐꾸기 소리를 회상하며 좀처럼 듣기 어려운 그 소리를 도시인들에게 들려주고 싶을 지경이었다. 그런데 날마다 듣다 보니 매양 인심 쓰듯이 몇 번 울고 마는 게 좀 불만스러웠다. 조금 더 울었으면 하는 아쉬움마저 들었다. 비 오는 날에도 우는 뻐꾸기 소리를 듣다 보니 전해오는 이야기가 생각났다. 가난한 집에 태어나 동생들 먹이느라 쑥국 한 그릇도 먹지 못해 죽은 누나의 혼령이 새가 되어 "쑥국쑥국" 하고 울었다는 전설이다.

뻐꾸기 소리를 계속 몇 번 듣다 보니 이상한 점이 있었다. 시보처럼 일정한 간격으로 우는 데다 산이 아닌 뒤쪽에서 소리가 났다. 조금씩 의문이 생겼다.

'뻐꾸기가 시간을 알 리도 없는데⋯. 혹시 시보를 알리는 뻐꾸기 시계가 있는 게 아닐까?' 그때마다 시간을 보니 정확하게 시보가 울릴 시간이었다. 나는 옥상으로 올라가 뒷집 아주머니를 불러 혹시 집에 뻐꾸기 소리를 내는 시계가 있느냐고 물어보았다. 아주머니는 있다고 했다.

몇 달 뒤, 이모가 뻐꾸기시계를 선물해 주었다. 시보가 울릴 때면 작은 두 개의 문이 양쪽으로 활짝 열리면서 모형 뻐꾸기가 튀어나왔다. 뻐꾸기는 시간의 숫자만큼 울었다. 계곡의 물 흐르는 소리가 배경으로 깔렸다. 울고 난 뻐꾸기가 집으로 쏙 들어가면 여지없이 문이 닫혔다. 자기 할 일은 마쳤으니 안에 들어가서 편히 쉬겠다는 의도처럼 보였다.

그 뒤로 수많은 '사이비'가 보이기 시작했다. 동네 가게의 화병에 꽂혀있는 꽃이 생화인 줄 알고 코를 대어봤더니 향이 없었다. 물방울까지 붙어 있었던 그 꽃 역시 조화였다. 음식점에 놓인 벤자민과

파키라 같은 관엽식물도 만져보면 생명 없는 것이 많았다. 추운 날 미장원에 들어섰을 때 혀를 날름거리며 활활 타고 있는 벽난로를 보니 추위가 가셨다. 가까이 가보니 불꽃의 혀는 가짜였다.

언젠가 어머니가 꽃 한 다발을 사 오셨기에 감탄했는데 조화였다.

"생화는 금세 시들어버리고 지저분한 모습을 보이지만, 조화는 오래가고 시들지도 않아."

시큰둥한 내 표정을 본 어머니가 말씀하셨다.

그런 어느 날, 옆집에서 닭 우는 소리가 들렸다. 텔레비전에서 나는 소리이겠거니 했다. 어머니 방에서 보면 그 집 방 귀퉁이가 보인다. 온종일 텔레비전을 켜놓고 사는 집이다. 시골도 아닌 가정집에서 닭이 운다는 걸 이해할 수가 없었다. 시내에서 닭을 키워도 되나 하는 의문이 생겼다. 나는 궁금해서 옆집의 대문이 열려 있는 날을 틈 타 안을 들여다보았다. 좁은 마당 한쪽에 작은 닭장이 하나 놓여있었다. 그 안에 큰 닭 한 마리가 햇볕 아래 졸고 있었다.

모든 건 마음 먹기에 달렸다는 어머니의 말씀을 듣곤 생각을 바꾸었다. 그 뒤로 뻐꾸기 시보가 울릴 때면 눈을 감았다. 돌 틈 사이로 흐르는 맑은 물소리와 녹음 짙은 산에서 울려 퍼지는 뻐꾸기 소리의 메아리는 자연의 품에 안겨있는 것 같은 착각을 불러오곤 했다. 내가 뻐꾸기라고 생각하면 뻐꾸기이고, 물소리라고 생각하면 물소리다.

세상에는 진짜와 가짜가 동전의 양면처럼 공존한다. 꼴등이 없으면 일등이 빛나지 않듯 가짜가 없으면 진짜 역시 돋보이지 않는다. 우리 집 뻐꾸기시계가 멈춘 뒤로는 건전지를 넣지 않았다. 다른 시계에 비해 건전지 수명이 너무 짧기도 했지만, 방마다 시계가 걸려 있어서다. 박제처럼 달린 뻐꾸기는 건전지만 넣어주면 다시 울어주겠다는 듯 언제나 '대기 상태'이다.

(2019)

chapter

2

*

그 들 의

우 정

"내가 어릴 때 마루에서 떨어져서 바보가 됐어요."……

청년은 남편을 무척 따랐었다. 자기 집처럼 남편의 사무실로 쑥 들어오곤
했다. 다른 사람들은 그를 별로 상대해 주지 않고 놀리기만 하지만, 남편은
'미카엘 엔더'의 꼬마 주인공 '모모'처럼 청년의 이야기를 귀 기울여 들어주고
맞장구도 쳐준다. 둘의 대화하는 모습을 옆에서 보고 있으면 오래된 친구 같다.
눈높이를 맞춰주는 것도 좋지만, 저렇게 계속 지내다가 남편의 지능이 청년과
같아질 것 같아 은근히 걱정한 적도 있었다.

　　-본문 중에서

고모 생각

*그리움과 친해지다 보니 이제 그리움이 사랑 같다.
– 신경숙의 <아름다운 그늘> 중에서

제사상에 오른 두 분의 사진을 보면 슬며시 웃음이 나온다. 내가 유일하게 친척 제사에 참석한 날은 시고모부 내외 제삿날이다.

"우리 조카손자 지금 잘 컸지?"

두 분이 이렇게 묻는 거 같다.

결혼한 지 5년 되던 해에 아들이 태어났다.

큰며느리인 나는 결혼 3년이 넘어도 아이가 생기지 않았다. 병원에서는 우리 부부에게 아무 이상이 없다고 했다. 한약도 먹어 보고 내키지 않는 민간요법도 써 보았지만, 효과가 없었다. 그때 늙은 호박에 접시꽃과 다른 재료들을 넣어서 만든 음식을 가져오신 분이 시고모다.

"이게 아이 생기는 데는 그만이데. 기도하는 심정으로 마셔야 하네."

아이가 생길 거라는 믿음을 가지라는 말이었다.

고모를 처음 만난 날은 결혼 전이었다.

연애 기간이 길었던 남편과 나는 당연히 결혼까지 생각하고 있었다. 그런데 시어머니 될 분이 우리 결혼을 반대하셨다. 남편이 나 아니면 평생을 독신으로 살겠다고 하자 어머니가 나를 보러 오셨다. 아들이 단식까지 하면서 결혼하겠다는 여우 같은 여자가 궁금했을 것이다. 그때 어머니와 함께 오신 분이 고모다.

"성님은 참 이상하네. 이렇게 참한 며느릿감을 싫어하다니…. 아가씨, 내가 성님한테 잘 말해볼 테니까 너무 걱정하지 마소. 서로 좋아한다는데 뭐 하려고 반대를 해?"

앞서가는 어머니 뒤에서 작은 소리로 말한 고모가 내게는 응원군이었다.

그런 반대를 무릅쓰고 결혼했는데 아이가 생기지 않자 은근히 걱정되었다. 아이를 너무 예뻐하면 아이가 생기지 않는다는 말이 생각나 귀여운 아이들을 일부러 외면했다. 한동안 시어머니는 내게 아이에 대한 말은 꺼내지 않았다. 말하지 않는 것도 내겐 심적 부담이었다. 어머니가 무심코 아이들을 예뻐해 주는 모습을 나는 외면했다. 처음에는 시댁과 친정 쪽 모두 다산 가정이어서 아이 걱정은 하지 않았다. 시간이 흐르면서 조금씩 초조해지는 것은 어쩔 수 없었다.

"내가 너희들 결혼을 왜 반대했는지 아나? 느그 둘이 결혼하면 아이가 귀하다는 거야."

어느 날 시어머니가 내게 이런 말씀을 하하셨다. 대를 이을 큰아들에게 자손이 귀하다는 말은 충격이었지 싶다. 우리 할머니도 줄줄이 딸 셋을 낳은 엄마에게 대를 이을 아들을 낳아야 할 거 아니냐고 윽박지르셨다. 시어머니에게도 역시 당신의 제사를 지내줄 손자가 있어야 했다. 아이가 생기지 않자 어머니의 우려가 현실로 나타난 것 같아 불안하셨나 보다.

고모가 가져온 약은 달지도 쓰지도 않고 조미료를 듬뿍 먹은 것처럼 밍밍해서 뱉고 싶었다. 평소에 땀을 많이 흘리는 고모다. 불 앞에서 부채질해 가며 달였을 모습이 떠올랐다. 그 약을 머리에 이고 20분 정도를 오셨다. 고모 집에서 우리 집까지는 골목길이 더 가까워 차를 타기에도 어중간한 거리다. 고모의 성의가 고마워서 아이가 생기게 해달라고 마음속으로 기도하면서 마셨다.

고모가 가져온 약을 다 마신 얼마 후 아이가 생겼다. 나는 믿기 어려워 산부인과로 갔다. 언젠가 상상임신을 한 적이 있었다. 한 달도 거르지 않을 정도로 일정했던 생리도 끊기고 헛구역질을 하기 시작한 나는 분명 임신이라고 가족에게 알렸다. 병원에서는 상상임신이라고 했다. 소설이나 드라마 속에서만 나오는 줄 알았다. 이번에는 분명 아이가 생겼다는 말을 의사에게 들었다. 초음파 속의 아이 모습은 구분할 수 없었지만 심장이 뛰는 소리는 크게 들렸다. 내 심장이 더 큰 소리를 냈다.

집에 온 나는 고모에게 먼저 전화했다. 차분한 고모였지만 그때만은 떡두꺼비 같은 아들 하나 낳으라면서 축하를 해주셨다.

'고모님, 고맙습니다. 아이 낳으면 고모님 품에 안겨드릴게요.'

속으로 이런 다짐을 했다.

임신 4, 5개월 때인가 고모의 부군인 고모부가 대문 밖으로 잠깐 나와 보라는 전화를 하셨다.

"아이 가지면 뭐가 먹고 싶다고 하던데, 이거 먹소."

브라보콘 두 개가 든 비닐봉지를 내민 고모부의 얼굴은 땀에 젖어 있었다. 고모부는 걸어서 우리 동네에 오신 다음, 행여 아이스크림이 녹을까 봐 가까운 가게에서 사셨을 것이다. 휴대전화가 없을 때였으니 가까운 공중전화를 이용하셨다.

크게 입덧하지는 않았지만 더운 여름이라 그 아이스크림을 맛있게 먹었다. 자녀 여섯 명을 두신 두 분도 어려운 형편이다. 가족이 많은 우리 식구가 마음에 걸려 고모부는 나만 불러내셨다.

아이는 고모부 내외의 사랑을 먹고 잘 자랐지만, 고모는 아이를 안아보지도 못하고 지병으로 돌아가셨다. 아들을 고모 품에 안겨드려야겠다는 다짐 역시 실천하지 못했다. 고모가 돌아가신 몇 년 뒤에 고모부도 돌아가셨다. 고모부의 나이가 많은 것도 아니고 큰 병도 없었다. 서둘러 고모를 따라간 걸 보면서 나는 두 분의 금실이 좋아서리라고 생각했다.

처음엔 제사를 따로 모셨는데, 3년 전부터 두 분의 제사를 함께 모신다.

　제사상 앞에 놓인 사진 속의 두 분 모습은 인자하다. 세상에 법 없이도 살 분들이었다. 까무잡잡한 얼굴에 주름살마저 포근하게 보이는 고모부와 한 올의 머리카락도 내려오지 않게 쪽 찐 머리와 한복을 즐겨 입으셨던 고모의 큰 얼굴이 미소를 띠고 있다. 미소 띤 모습도 닮았다. 나도 저런 얼굴로 남고 싶다.

(2019)

마트의 그 여자

* 믿음이란 온 힘을 다해 노력하는 것이며 과감한 모험이며 어떤 상황
  에서도 봉사할 수 있는 힘이다.

  - 사무엘 E. 키서

대형 상점에 가끔 보이는 여자의 행동에 눈살이 찌푸려졌다. 60대로 보이는 까무잡잡한 얼굴에 헝클어진 머리, 앞니 두 개가 없다. 여자는 흘러내리는 바지춤을 추켜올리면서 눈앞에 대상이 없는데도 무슨 말인가를 한다. 쉴 새 없이 구시렁거리다가 삿대질하며 욕설도 내뱉는다. 그녀를 본 딸애가 내 뒤로 숨었다. 남자 직원 한 명이, 걸음마 하는 아이 뒤를 따라다니는 엄마처럼 그녀 뒤를 따라다녔다. 그녀를 쫓아내지 않는 직원을 원망할 수도 없다. 물건 몇 개를 사서 계산대 앞에 기다리고 있는 걸 보면 틀림없는 손님이다.

장애인이라고 다 위화감을 주지는 않는다.

언젠가 광주에 갔을 때의 장애인 총각의 행동이 아직도 잊히지 않는다. 그날 우리 식구는 어느 식당에서 밥을 먹은 뒤 카페에서

커피까지 마시고 밖으로 나왔다.

"어머니와 형님은 잠시 여기 햇볕 좋은 곳에 앉아 계세요. 요 옆 빵집에 갔다 올게요."

다리가 안 좋아 오래 걷지 못하는 어머니와 시누이에게 길가의 넓적한 바위를 가리켰다.

우리 가족은 빵을 좋아한다. 여행지에 소문난 빵집이 있으면 꼭 들른다. 그날도 시식해 가며 빵을 고른 다음, 우리를 기다리는 두 사람을 향해 걸음을 빨리했다.

"어! 할머니와 고모 옆에 누가 있어요."

아이들의 말에 두 분이 앉아 있는 곳을 보니 웬 청년이 서 있었다. 무슨 안 좋은 일이 있었나, 하는 걱정과 함께 긴장됐다.

'혹시 핸드백을 노리는 거 아냐? 두 분은 잘 뛰지도 못하는데…'

이런 생각을 하며 남편을 보니 남편 역시 의심의 눈초리로 나를 봤다. 100m도 안 되는 거리가 멀게만 느껴졌다. 뛰다시피 해서 두 분과 청년 사이에 섰다. 응원군이 왔으니 감히 엉뚱한 생각을 하지 말라는 경고처럼 보이기 위해서다. 청년의 모습을 보니 어딘가 조금 부족한 듯 보였고 한쪽 팔도 없었다.

"이 총각이 우리 어깨를 주물러 주는데 왜 그리 시원한지 모르겠다."

내 생각을 읽은 듯 어머니가 우리를 안심시켰다.

'요즘 세상에 누가 할 일 없이 남의 어깨나 주물러주고 그래?'

나는 세상에 공짜는 없다는 걸 진리로 알고 살아왔다. 처음 본 사람에게 선의를 베푼 청년에게 의심의 눈초리를 풀지 않았다. 청년이 나한테도 앉아보라고 했다. 경계할 대상의 말을 듣지 않아야 한다는 건 마음뿐, 나는 최면에 걸린 것처럼 슬그머니 인도에 걸터앉았다. 청년의 얼굴이 너무 진지해서다. 청년은 한쪽 손으로 내 어깨를 주물렀다.

'혹시 이러고 나서 돈을 원하는 건 아니야? 달라고 하면 적선하는 셈 치고 조금 줘야지 뭐….'

이런 생각을 하고 있는데 청년은 다른 쪽 어깨를 주물렀다. 두 팔을 가졌다면 한 번으로 됐을 텐데, 하는 생각이 날 정도로 어깨가 시원했다.

"총각 할머니도 항상 어깨가 아프다고 해서 이 총각이 자주 주물러드렸대…."

어머니는 청년이 당신 손자나 된 듯 자랑스러워하셨다.

청년과 그동안 많은 이야기를 하셨나 보다. 어머니는 처음 본 사람에게도 며칠 전에 헤어진 친구인 것처럼 말을 걸어 금세 친구로 만드는 재주를 가졌다.

어깨를 주무르고 일어서는 청년에게 어머니는 고맙다는 말을 몇 번이나 하셨다. 나는 손에 든 봉지에서 빵 두 개를 얼른 꺼내 건넸다. 청년은 잘 먹겠다며 하나만 집었다.

"우리 할머니가 생각나서 주물러드린 거예요."

그 말 한마디를 끝으로 청년은 씩 웃으면서 앞에 있는 건물을 향해 갔다.

어릴 때 사고가 나서 한쪽 팔을 잃고 뇌도 다쳤다는 청년, 머리 한쪽이 기형이라 학교 가면 학생들이 바보라고 놀리면서 함께 놀아주지 않아서 중학교까지만 졸업했다는 말을 어머니에게서 들었다. 멀어져가는 청년의 뒷모습을 한참이나 보던 어머니는 참 안쓰러우신 듯 혀를 찼다.

중국의 노부부 이야기를 읽은 적이 있다. 대나무 막대기 하나를 사이에 두고 어디든지 꼭 함께 다니는 부부다. 아내는 오래전에 실명한 남편을 위해 막대기를 붙잡고 길 안내를 시작했다. 실명한 뒤의 30년 동안 아내는 남편의 눈이 되어주었다. 남편을 처음 만나던 21살 때, 남편은 부인을 평생 챙겨주겠다고 약속했다. 부인은 "남편 대신 제가 그 약속을 지키며 살아가려고요."라고 말했다. 나 어렸을 때도 이런 부부가 있었다. 지팡이 끝을 잡고 앞장선 아내와 뒤쪽을 잡고 따라다니던 시각장애인인 남편. 남자가 메고 온 자루에 엄마가 곡식을 부어주면 조용히 허리 굽혀 인사를 하고 돌아서던 부부였다.

"장님 부부가 올 때가 넘었는데…."

그들이 한동안 안 보이자 엄마는 타지에 사는 자녀를 기다리는 듯한 표정을 하셨다. 한참 뒤에 여자 혼자 지팡이를 들고 나타났다. 지팡이 끝은 잡았던 남자는 보이지 않았다. 왜 혼자 왔느냐고 엄마가 물었을 때 여자는 슬픈 표정을 했다. 그때는 말을 잘 안 하는 여자인 줄 알았는데, 여자는 언어장애인이었다.

청년을 의심하고 경계부터 했던 나 자신이 부끄러웠다. 세상에 장애를 갖고 싶은 사람이 누가 있겠는가. 선천성보다 후천적인 장애가 훨씬 많다. 출산 시 원인은 1.3%, 선천적 원인은 4.7% 나머지는 후천적이라는 글을 읽었다.

마트에 돌아다니는 그 여자도 후천적 장애일 수 있다. 태어날 때는 부모의 사랑을 받았을 것이다. 남자와 사랑하고 결혼했을지도 모른다. 오늘도 여자는 계산대 앞에 물건 두어 개를 내려놓고 천 원짜리 지폐들을 치켜들고 침을 묻혀 세고 있었다.

(2018)

백운산은 말이 없었다

*삶에 지치면 먼발치로 당신을 바라다보고 그래도 그리우면 당신
찾아가 품에 안겨보지요.   - 함민복의 〈산〉

해마다 여름이면 친정 식구들과 계곡을 낀 산장으로 피서를 간다.
그곳은 여느 산장처럼 계곡을 따라 평상이 놓여있다.

지난여름, 우리는 주문한 닭갈비를 먹으며 계곡에서 피서를 즐기
는 사람들을 바라보면서 이야기꽃을 피웠다. 아버지의 빈자리는 우
리를 잠시 숙연하게 했다. 아버지는 노래를 좋아하셨다. 내가 초등
학교 입학하기 전부터 집에는 축음기가 있었다. 노래방이 생긴 후에
는 혼자 마이크를 차지하곤 좀처럼 놓지 않아 가족들의 눈총을 받곤
하셨다. 그런 아버지가 건강이 나빠진 뒤로는 가족 나들이에 함께
하지 못하셨다.

"이런 명산에서 개고기를 먹는 건 좋지 않아."

아버지가 그 자리에 계시지 않아도 백운산 아래에서는 이 말은
항시 떠올랐다.

그해 여름엔 아버지도 참석하셨다. 우리 가족이 자리 잡은 평상 옆에서 어느 가족이 큰 솥에 무언가를 끓이고 있었다.

"언니, 저거 개고기다. 아버지는 먹지 말라 하시지만 정말 맛있어. 부드럽고 배탈도 안 나. 나 예전에 몸이 안 좋았을 때 개고기 먹고 많이 좋아졌잖아?"

옆에 있던 둘째 동생이 아버지 눈치를 보며 속삭였다. 나는 개고기를 먹어 본 적도 없었고 먹고 싶다는 생각조차 하지 않은지라 그렇게 맛있느냐며 심드렁하게 물었다. 소화도 잘될뿐더러 추위를 타는 사람, 소변을 자주 보는 사람, 속이 냉한 사람에게 좋다며 동생은 개고기의 장점을 늘어놓았다. 모두 나한테 해당하는 말이었지만 솔깃하지는 않았다. 동생은, 식구들이 자리를 뜨면 옆 사람들에게 개고기를 얻어먹자며 내 동의를 구하듯이 말했다. 나는 아버지가 알면 큰일 난다며 찬성하지 않았다.

아버지는 소식하셨지만 어떤 음식이든 가리지 않았다. 개고기는 오래전에 딱 한 번 잡수신 게 처음이자 마지막이었다. 농사를 짓던 아버지는 어느 날 말뚝을 박다가 당신이 휘두른 망치에 이마를 맞아 피를 흘리며 쓰러졌다. 병원에서 열 바늘 넘게 꿰매고 집으로 오신 아버지는 생전 입에 대지 않았던 개고기를 먹어서 조상님이 노하셨다고 말했다. 개고기인 줄 몰랐다고 했다. 동네 친구가 술상을 봐놓고 아버지를 불렀는데 힘든 농사일을 술로 견뎠던 아버지는 좋은 안주라는 말에 솔깃했을 것이다. 아버지는 배가 고팠던 터라 맛있게 드셨다고 했다. 다 드신 뒤에는, 이 사이에 끼지도 않고 쫄깃쫄깃한 게 참 맛있다는 말까지 하셨다. 그런데 '개고기'라는 친구의 한마디에 하마터면 토할 뻔했다고 하셨다.

그 사고 후 우리 가족은 영양탕, 개장국, 보신탕으로 불리는 개고기 요리를 먹으면 큰일 나는 줄로만 알았다. 짙푸른 숲에서 불어오는 시원한 바람, 바위 사위로 흐르는 물소리, 맑은 공기를 거스르는 듯한 옆자리의 그 가족은 개고기와 함께 술도 마셨다. 불콰해진 얼굴로 시끄럽게 떠드는 그들을 보며 아버지는 혀를 찼다. 이런 명산 아래에서 개고기를 먹으면 벌 받을 거라고 하셨다.

산장은 고향 사람들의 자랑거리인 백운산 계곡에 있다. 우리 집 마당에서 올려다보면 백운산의 일부가 보인다. 양손을 가슴에 올린 거인이 누워있는 모습이다. 나는 어린 시절부터 우리 고장에 큰일이 일어나면 저 거인이 일어나지 않을까? 하는 생각을 했다. 울적하다가도 그 모습을 보며 위안을 받곤 했다. 요즘도 차를 타고 가다가 백운산이 보이면 아련한 향수에 젖어 든다. 광양 사람들에게 백운산은 명산이다.

셋째 동생, 이런 데까지 와서 저러고 싶을까? 하며 눈살을 찌푸렸다. 번들거리는 얼굴에 땀까지 흘리며 개고기와 술을 먹는 그들의 모습이 내 눈에도 추하게 보였다. 몇 시간 후, 계곡을 향해 구급차 한 대가 경적을 울리며 올라왔다.

이런 평화로운 곳에 무슨 사고가 났을까 하는 궁금증에 구급차

쪽으로 가보았다. 구급대원 둘이 들것에 뚱뚱한 사람을 싣고 구급차가 있는 곳으로 달려가는 중이었다. 가까이 다가가서 얼굴을 확인하던 나는 깜짝 놀랐다. 이마에 피를 흘리며 누워있는 남자는 바로 아까 옆자리에서 개고기를 먹던 가족 가운데 한 사람이었다.

"정말 개고기를 먹어서 벌 받았나 봐."

"맞아. 명산 아래서 먹었으니 산신령이 노하신 거지…."

셋째와 나는 이런 말을 주고받았다. 그때 옆에 있던 둘째가 울상을 했다. 우리 가족이 계곡에 발을 담그러간 사이에 개고기를 얻어먹었다고 실토했다. 둘째는 결혼 전, 믿었던 직장 동료에게 사기를 당해 전 재산이나 다름없는 돈을 잃었다. 그 후유증으로 시름시름 앓았다. 병원에서도 뚜렷한 병명이 나오지 않았다. 건강을 찾으려고 좋다는 건 다 해본 줄 알기에 나는 개고기를 얻어먹은 둘째를 비난할 수 없었다. 그래도 술은 마시지 않았으니 괜찮을 거라고 위로했다. 알고 보니 구급차에 실려 갔던 그 아저씨가 다친 것은 술 때문이었다. 만취한 아저씨는 먼 길로 돌아가기 싫어 지름길인 좁은 벼랑길을 잡았다가 한 길 아래로 떨어진 것이다.

나는 이 모든 일을 지켜보았을 백운산을 가만히 올려다봤다.

그곳에서는 거인의 형상이 보이지 않았다. 소나기가 쏟아지려는지 매지구름이 몰려오고 있었지만, 백운산은 아무 일도 없었다는 듯 시치미 떼고 있었다.

(2016)

초가 단상

차를 타고 시골 마을을 지나다가 마을에 있는 초가 한 채를 보았
다. 슬래브 집 사이의 초가는 이질감이 느껴졌지만 차의 속도가 좀
더 느렸으면 하는 아쉬움이 들었다. 언뜻 보아 살림집 같지 않아서
전시용일 수도 있겠다고 생각했다.

1900년대 초까지는 서울 한복판에도 초가가 많았다고 한다.

조선 시대에는 양반이나 부자들은 기와집에서 살았지만, 백성 대
부분은 초가에서 살았다는 기록을 읽을 수 있다.

1960년대의 농촌이었던 우리 동네도 거의 초가였다. 마을에 두어
채 기와집은 부자의 상징이었다. 미술 시간에 크레파스로 그림을
그릴 때면 나도, 친구도 초가 대신 기와집만 그렸다. 초가에서 살았
던 우리는 그림 속에서나마 기와집을 꿈꾸었던가 보다. 친구들이
얼굴을 찡그려 보라고 해서 콧잔등을 올리면 "너는 기와집 모양이

75

나오니까 시집가서 기와집에 살겠다."라고 해서 좋아했던 기억도 난다.

초가는 해마다 혹은 2, 3년에 한 번 이엉을 얹었다. 추수가 끝나면 남는 게 볏짚이다. 볏짚으로 새끼줄도 꼬고 가마니도 짜고 이엉도 엮고 용마름도 틀었다.

할아버지는 지붕 이는 일을 잘하셨다. 나이도 많고 한쪽 눈을 쓰지 못하셨던 분이다. 그래도 동네 사람들은 할아버지에게 서로 일을 맡기려고 했다. 꼼꼼하게 일을 잘하기 때문에 믿을 수 있다는 것이다.

긴 사다리를 오를 때마다 할아버지는 얼마나 힘드셨을까. 언젠가 나는 지붕에 기대놓은 사다리를 밟고 올라가다가 세 칸을 넘기지 못하고 내려온 적이 있었다. 사다리와 다리가 함께 후들거려 무서웠다.

나는 가끔 동네 아저씨들과 함께 지붕을 이고 계시는 할아버지를 고개가 아플 때까지 쳐다보곤 했었다. 할아버지는 위태로워 보였다. 한 번도 지붕에서 떨어진 적이 없었지만, 미끄러울 것만 같은 곡선의 초가지붕이다. 모자를 쓴 할아버지와 이웃 아저씨들 위의 하늘은 현기증을 일으킬 정도로 파란색을 띠고 있었다. 때로는 구름이 한가로이 떠 있기도 했다. 할아버지의 묵묵히 일하는 모습은 진지하다 못해 엄숙하기까지 했다. 이엉 두르기가 끝나면 꼭대기에 용마름을 얹는다. 그런 다음 새끼줄로 이엉의 앞뒤와 좌우를 고정한다. 바람이 불 때를 대비한 것이다. 아래쪽에서는 처마의 끝을 가지런하게 잘라준다. 잘라 놓은 처마는 이발소에 갓 다녀온 소년의 앞머리 같았다. 지붕 위에서 나를 본 할아버지는 어서 집으로 가라며 손사래를 치기도 했다.

"할아버지! 지붕에 올라가서 일하면 무섭지 않아요?"

언젠가 햇살 좋은 마루에 앉아 곰방대에 담뱃가루를 꾹꾹 눌러 재우고 있는 할아버지께 물었다. 할아버지는 빙그레 웃으시며 무섭다고 했다. 그러나 할아버지를 믿고 일을 맡기는 동네 사람들을 모른척할 수 없다는 것이다. 일하는 사람 중에 가장 나이 많은 할아버지는 지붕 이는 장인이었다.

막 이엉을 올린 지붕은 노란색이다. 새로 지붕을 이지 않은 회갈색의 지붕에선 호박이나 박이 익어가고 있었다. 산 위에서 내려다본 초가지붕들은 서로 이마를 맞대고 다정한 이야기를 나누는 듯했다.

지금 내가 사는 집은 서풍일 때 비가 많이 오면 천장이 샌다. 예전에 집수리할 때 잘못 건드린 탓이다. 튼튼하다고 믿는 슬래브 지붕도 비가 새지만 할아버지가 지붕을 인 초가는 새지 않았다. 볏짚의 겉이 매끄러워 빗물이 잘 흘러내리기 때문이다. 볏짚의 속은 비어있다. 그 안의 공기가 여름에는 내리쬐는 햇볕의 뜨거움을 덜어주고, 겨울에는 집안의 온기가 밖으로 빠져나가는 것을 막아준다. 자연적인 단열재라고나 할까. 볏짚의 장점이 있어서 지붕으로 사용한 건 아닐 것이다. 농사짓고 남은 걸 이용하다 보니 초가를 만들었던 게 아닐까 한다.

단점도 있다. 마른 볏짚이어서 화재의 위험이 있을 뿐 아니라 지붕을 자주 갈아주지 않으면 위생적인 문제가 뒤따랐다. 처마 밑에 굼벵이나 노래기가 떨어져 있는 장면을 본 적이 있다. 2년이나 3년 만에 지붕을 이는 집도 있다. 그럴 땐 원래의 이엉을 걷어내지 않고 그대로 덧씌운다. 굼벵이들에게는 더없는 보금자리다. 그런 점 때문에 초가는 호응받지 못했다. 70년대 새마을 운동과 함께 근대화의 물결에 밀려 조금씩 주변에서 사라졌다. 지긋지긋한 가난을 탈피하고 싶은 촌부들은 가난의 상징인 초가를 없애버리고 싶었는지도 모를 일이다.

'초가집도 없애고 마을 길도 넓히고….'
새마을 운동이 한창일 때 시보처럼 아침마다 울려 퍼지던 노래의 2절 첫 가사였다.

노래에 호응이라도 하듯 너도나도 초가를 기와집이나 슬레이트 집으로 바꾸었다. 할아버지가 인 지붕이 뜯기고 부서지는 걸 보니 내 가슴이 내려앉는 것 같았다.

그 후 할아버지는 겨울이면 햇볕 아래 앉아 손바닥에 침을 뱉어가며 새끼를 꼬거나 새끼줄에 돌을 매달아 앞뒤로 넘기며 가마니를 짜는 일을 하셨다. 동네에 몇 채 남아있는 초가의 지붕 이엉을 얹기도 했을 것이다. 할아버지가 한쪽 눈을 잃은 것은 보리까끄라기 때문이라고 엄마는 말했다. 보리타작할 때 까끄라기가 눈에 들어갔는데 마구 비볐다는 것이다. 병원은 엄두도 내지 못한 시절이었다고 한다. 마을의 초가가 사라질 무렵 할아버지도 돌아가셨다. 우리 집도 녹색 슬레이트 지붕으로 바뀌었다. 지붕에 박 덩굴 역시 볼 수 없었다.

이제는 기와집도 드물다. 겉만 기와처럼 보이는 사이비다. 진짜 기와는 무거워서 지붕이 내려앉을 수도 있고, 비싸다는 점도 있어서 회피하기 때문이다. 아파트 아니면 네모난 슬래브지붕 사이에 초가가 낄 자리는 없다.

아주 오래전부터 서민이 살았던 초가, 이제는 민속촌에서나 볼 수 있는 희귀한 존재가 되고 말았다.

(2016)

용서

이제 그녀는 더는 내 꿈속에 나타나지 않는다.

60을 바라보는 내게, 얼마 전까지만 해도 20대의 그녀는 잊을
만하면 꿈속에 나타나서 나를 괴롭혔다.

그녀는 내 미혼 시절의 직장 동료이다. 한 살 많은 그녀는 나보다
일찍 입사한 걸 훈장처럼 내세웠다. 그녀에게 모난 행동을 한 적도
없었는데 유독 나를 미워했다. 둥근 얼굴처럼 내 성격도 그리 까칠
한 편은 아니라는 생각으로 살았다.

그녀가 나를 미워할 만한 요소를 찾아봤다. 그녀는 나보다 세 살
이 많다고 했다. 나는 당연히 언니로 불렀다. 어느 날 우연히 그녀의
주민등록증을 보니 나보다 겨우 한 살 많았다. 나는 바로 '언니'라는
호칭 대신 이름을 불렀다. 선배라는 이유로 어떤 사적인 심부름을

시킬 때도 나는 거절했다. 점심시간이면 주로 책을 읽는 나와 달리 그녀는 동료들과 수다 떨기를 좋아했다. 그녀는 외모에 대한 콤플렉스가 있었는지 모른다. 70년대 말, 그녀가 서울에 가서 코를 높이는 수술을 받고 왔다는 말에 나는 놀랐다. 연예인도 아닌데 그런 수술을 받을 수 있는 용기가 부럽기도 했다. 그래도 코가 높아 보이지는 않았다. 직장을 그만뒀을 때 나를 욱죄는 그녀의 품에서 해방된 느낌이었다. 어쩌면 그녀의 괴롭힘이 사표를 일찍 제출하게 된 동기일 수도 있었다.

그런데 이게 웬일인가. 그녀는 잊을만 하면 꿈속에 나타나 여전히 나를 고롭혔다. 납작한 얼굴과 얇은 입술 한쪽을 올리며 웃던 그녀 얼굴은 현실 같았다. 나는 놀라서 진땀을 흘리며 잠에서 깨기도 했다.

그녀를 미워하는 마음을 버려야겠다고 생각한 건 얼마 전에 있었던 딸의 행동 덕분이었다. 그날 우리 부부는 딸과 함께 대형 상점에 쇼핑하러 갔다. 남편과 내가 앞만 보고 걷는데 뒤에서 작은 다툼의 소리가 들렸다. 뒤에서 쇼핑카트를 밀고 오던 딸과 30대 초반으로 보이는 남자가 말다툼하고 있었다.

"먼저 잘못했으면 미안하다고 해야죠."

남자가 못마땅한 얼굴로 딸에게 말했다.

무슨 일이냐고 물었더니 딸은 아무것도 아니라며 남자에게 "미안하다고 했잖아요?"라고 말했다. 딸애의 얼굴엔 '당신도 잘한 거 없잖아?'라고 적혀있었다.

　남자는 우리 부부를 훑어보더니 구시렁거리며 에스컬레이터를 타고 아래층으로 내려갔다. 계절에 어울리지 않게 반바지에 슬리퍼를 신은 남자의 뒷모습을 보며 딸에게 어떻게 된 거냐고 물었다. 사연은 이랬다.

　남자의 걸음이 너무 느려서인지 딸이 미는 쇼핑카트가 슬리퍼 신은 남자의 뒤꿈치를 건드렸다. 딸은 그 자리에서 미안하다고 말했다는데 남자는 화가 안 풀린 것 같았다. 무슨 남자가 걸음이 그렇게 느리냐며 딸의 얼굴엔 아직도 불만이 가득했다. 뒤에 처진 딸은 우리와 걸음을 함께 하려다보니 급했을 것이다.

　찝찝한 기분으로 쇼핑하다가 그 남자를 봤다. 아까와 달리 어린 아이를 안고 있었고 옆에는 아내로 보이는 여자도 있었다. 남자는 우리를 보더니 다시금 불쾌한 얼굴로 중얼거리고 혀까지 차며 내 옆을 지나갔다. 나 혼자만 본 모습이다.

　'미안하다고 그랬으면 됐지, 무슨 남자가 좀스럽게 구시렁거리고 다녀요?'

　이 말이 나올 뻔한 걸 가까스로 참았다. 사람이 붐비는 장소에서 여러 사람의 시선을 받고 싶지는 않았다. 가족 간의 싸움이 될 수도 있었다.

　문득 딸애가 쇼핑카트를 내게 건네주고 한쪽으로 급하게 걸어갔다. 그쪽을 보니 아까의 그 남자가 보였다. 딸은 그 남자를 향해 어색한 웃음을 띠며 한참을 말했다. 남편이 그쪽으로 가려는 걸 내가 막았다. 우리는 그냥 지켜보기로 했다. 딸도 이제 성인이다. 남자는 화해를 받아들이고 싶지 않았는지 끝까지 굳은 얼굴을 풀지 않았다. 영화의 한 장면처럼 서로 웃으면서 돌아서는 장면은 연출되지 않았다.

잠시 뒤 딸은 편한 얼굴로 우리 곁에 왔다. 그 남자에게 무슨 말을 했느냐고 물었더니 진심으로 사과했다 한다. 딸의 얼굴이 비로소 편안해 보였다.

"아까 미안하다고 했으면 됐지, 뭘 또 사과해?"

딸이 사과해도 받아들이지 않던 남자의 얼굴을 떠올리며 내가 말했다.

"아까는 저도 화가 나서 건성으로 사과했어요. 가만히 생각해 보니 진심으로 사과해야 제 마음이 편할 거 같아서요. 그리고 행여나 그 아저씨가 안 좋은 마음을 품고 엄마 아빠에게 해코지라도 하면 어떡해요?"

딸애의 얼굴에 맑은 웃음이 보였다. 쇼핑 때면 곧잘 조잘댔던 딸애가 그날은 별로 즐거워하지 않았던 이유를 알 수 있었다.

"그래, 잘했다."

나는 딸을 살짝 안아줬다.

'You win! 승패를 가리는 시합이라면 네가 이긴 거야.'

이 말은 그냥 삼켰다.

딸의 용기 있는 행동에, 지금도 꿈속을 따라다니는 그녀에 대한 미움을 접어야겠다고 생각했다. 나를 미워했다면 그녀에게도 그럴 만한 이유가 있었지, 싶다. 내가 볼 수 없는 등을 남들은 뒤에서 자세히 볼 수가 있다. 사랑하며 살기에도 모자라는 시간이라고 했다. 오래전의 미움을 붙들고 있어 봤자 내게 어떤 도움도 되지 않는 것을, 미움을 놓고 나니 그녀가 꿈속에 나타나지 않았다. 그녀도 이제 반백의 머리와 까칠한 피부, 처진 눈을 가진 나처럼 변해있을 거로 생각하니 왜 이리 즐거운지 모르겠다.

(2015)

낡은 것들에의 애정

* 버리면 얻는다. 그러나 버리면 얻는다는 것을 안다 해도 버리는 일
  은 그것이 무엇이든 쉬운 일은 아니다.

- 공지영의 <수도원 기행>

"쓰던 건 이제 버려라. 자꾸 눌어붙어서 되겠냐? 그만하면 오래
썼다."

시어머니가 프라이팬 세트를 사 오셨다.

두어 달 전, 어머니의 말씀을 좇아 프라이팬을 버리려다 큰 비닐
로 싸서 다시 싱크대 아래쪽에 넣어뒀다. 그간 이것이 우리 집에
와서 얼마나 봉사했던가. 가족에게 불평 한번 없이 입맛 맞춰 음식
을 제공해 준 주방 기구이다. 필요 없다고 바로 버리는 게 배신행위
처럼 느껴졌다.

이것을 오래 쓰다 보니 음식물이 자주 눌어붙어 불편했다. 당장
버려야지 하다가도 요리가 끝나면 굵은 소금을 뿌려 불에 달군 다음
신문지로 닦아내면 탔던 부분이 말끔해졌다. 다시 사용하면 또 눌어

붙었다. 그렇기는 해도 새것이 생겼다고 바로 버릴 수는 없었다. 당장 사용하지 않으면서도 버리지 못한 물건은 많다.

아버지가 자전거를 버리지 못한 이유를 알 것 같다. 아버지는 뭐든 잘 버린다. 새로운 게 보이면 무의식적으로 버린다. 엄마는 지금 당장 쓰지는 않아도 다음에 쓸 만한 물건은 숨겨둔다. 그렇게 하지 않으면 언제 버린 줄도 모르게 아버지가 버리기 때문이다. 시골이라 마당도 넓은 편인데 뭐든 보는 즉시 버린다며 엄마는 하소연한다. 그런 아버지가 못내 버리지 못한 게 자전거다.

더하여 축음기도 안 버릴 줄 알았다. 라디오가 집에 있기 전에 축음기는 우리 가족에게 사랑을 많이 받았다. 특히 아버지와 막냇삼촌은 노래 듣는 걸 좋아했다. 태엽이 풀려 노래가 느려지면 다시 튀어나온 손잡이를 돌렸다. 축음기가 고장 난 뒤 아버지는 오랫동안 창고에 넣어뒀다. 친정에 갈 때마다 창고 문을 열어보면 축음기는 항상 그 자리에 있었다. 던져버린 쓰레기처럼 먼지를 뒤집어서 쓴 채 다른 물건 위에 놓여있곤 했다. 한동안 아꼈던 축음기이기에 아버지가 버릴 줄은 몰랐다.

그런데 자전거는 아직 그대로 있다. 오랫동안 주인이 찾지 않은 자전거는 녹이 슬고 바퀴의 바람도 빠졌다. 비를 맞을까 봐 까만 비닐봉지로 덮어둔 안장이 비닐과 딱 달라붙었다. 체인도 벗겨지고 거미줄까지 쳐진 자전거가 피자두 나무 옆에 기대어 서 있다.

요즘은 건강이 안 좋은 아버지는 걷는 것만이 살길인 듯 틈만 나면 걷는다. 친정에 갔을 때 아버지가 보이지 않으면 운동하러 밖으로 나간 걸로 생각하면 된다. 예전에는 자전거를 자주 타셨다. 힘든 농사일을 하다가도 시내에 뭘 사러 가실 때면 아버지의 짐받이 자전거는 춤을 추듯 했다. 페달을 밟을 때마다 바람을 가르며 달리는 아버지의 몸은 안장에서 살짝 들렸고 상체는 좌우로 흔들렸다. 바람이 셀 때는 점퍼가 터질 것처럼 부풀었다. 자전거 위에서만 고된 농사일에서 해방된 듯 신이 나 보였다.

　오이 농사를 짓던 때는 수레의 역할을 했다. 크고 쭉 곧은 오이만 골라 나무상자에 가지런히 담아 손수레에 실어 기차역에 가서 서울로 부칠 때였다. 오이가 많지 않을 때는 자전거 뒤 짐받이에 실었다. 높게 쌓인 오이 상자는 위태롭게 보였다. 아버지의 모습은 오이 상자에 가려 보이지 않았지만, 곡예사처럼 능숙하게 기차역까지 다녀오셨다.

　농사를 그만두신 다음에도 아버지의 발이 되었던 자전거다. 자전거가 기대고 있는 피자두 나무도 이제는 고목이 됐다. 5, 6년 전까지만 해도 열매를 맺던 피자두 나무가 몸통만 남았다. 마당에 있는 몇 그루의 유실수 중, 남편이 세상에서 가장 맛있어한 피자두였다. 피자두 나무가 베어졌다고 했을 때 안타까웠다.

　나중에야 건강이 안 좋은 아버지가 더는 유실수를 가꿀 힘이 없었다는 것을 알았다. 아버지가 건강하셨을 때 잘 자라던 키위도 아버지 손이 닿지 않으니 부실했다. 크게 손대지 않아도 잘 열렸던 감나무와 무화과, 석류가 아직 남아있긴 하지만 예전처럼 튼실한 열매는 맺지 못했다.

생명 없는 피자두 나무와 자전거는 서로 기대고 있는 형상이다. 거기에 아버지까지 기대어 삼각형의 구도다. 걷지 않으면 밤에 다리가 쑤셔 잠을 이룰 수 없다는 아버지, 〈포레스트 검프〉처럼 동네를 계속 걷거나 비가 오면 응접실을 뱅뱅 도신다.

나는 쓰지 않겠다고 넣어둔 낡은 프라이팬을 다시 꺼냈다. 버리지 않기 위해 누룽지를 만드는 용기로 쓰기 위함이다. 식은 밥은 항상 있었다. 누룽지는 주걱에 물을 묻혀 밥을 얇게 펴는 기술이 필요하다. 센 불에는 타버리기 때문에 꺼지지 않을 정도의 불 조절을 한다. 노릇노릇한 누룽지를 먹기 좋게 쪼개서 밀폐용기에 넣어둔다. 그런 누룽지는 식구들에게 인기다. 프라이팬에 찬밥 덩이를 펴면서 아버지가 볕 좋은 하루를 택해 자전거를 손질하는 모습을 그려본다.

(2013)

마음의 고향

*청춘의 날들의 여러 추억이/ 내 가슴을 원한과 우울로 가득 채우고 나서/ 성장을 하고 내 앞을 지나간다.

　　　　　　　　　　　　　　　　　　　　　　- 네끄라소프

우리가 고향을 그리워하는 건 고향 자체가 아니라 거기에서의 놀던 추억이 있어서라고 말한 작가가 있다.

고향이란 단어에는 외할머니가 있다. 초등학교 다니던 때 방학만 되면 자석에 끌린 듯 외가로 달려갔다. 눈이 오나 비가 오나 십 리 길에 있는 외가에 걸어서 다녔다. 십 리인지는 모른다. 어르신들이 십 리라고 해서 그렇게 알고 있을 뿐이다. 60년대에도 버스는 다녔다. 단지 버스를 탄다는 게 우리에겐 사치로 여겨졌을 뿐이다. 엄마는 한 번도 버스요금을 준 적이 없었다. 우리 역시 걸어서 가는 게 정해진 법칙처럼 자연스러웠다.

혼자 걷는 길은 재미없지만 늘 동생과 함께였다. 읍내를 벗어나면 들판이 보이는 시골이다. 여름이라 우리는 땀을 줄줄 흘리면서도 불평하지 않았다. 고생 뒤의 기쁨을 알기 때문이다. 걷다 보면 들판엔 온통 키 작은 초록의 벼가 바람에 일렁였다. 가끔은 분무기를 등에 지고 농약을 뿌리는 사람도 보였다. 등을 구부리고 피 뽑는 일도 했던 것 같다.

길 양쪽으로 늘어선 버드나무에선 매미가 그악스럽게 울었다. 현기증이 날 정도다. 가끔은 우리를 약 올리듯 버스는 비포장도로에 먼지를 뿜어대며 지나갔다. 지나가는 버스를 향해 아무 데서라도 손만 들면 바로 태워줄 때였다. 목마를 때는 동네에 있는 우물가로 가서 두레박으로 물을 길어 올려서 마셨다. 차가운 물로 잠시 더위를 식혔다. 벌겋게 익은 얼굴을 씻은 다음 걸음을 재촉했다. 가끔은 동생이 다리 아프다고 하면 조금만 참으라는 말을 해줬다. 동생을 업을 수는 있었지만 오래 걷지는 못한다. 콘크리트 다리가 보이면 비로소 다 왔다는 안도감이 들었다. 다리 아래로 흐르는 시내를 건너야 해서 오른쪽으로 발길을 돌렸다.

그 시냇물에 떠내려갈 뻔한 일이 있었다.

그때는 방학이 아니었다. 단지 엄마를 보러 가기 위해 우리는 외가로 갔다. 엄마는 제사에 참석하기 위해 외가에 가 있었다. 할아버지, 할머니를 비롯해 식구가 많은데도 엄마 없는 집은 허전했다. 우리 엄마 보러 갈까? 하는 내 말에 동생은 기다렸다는 듯 좋다고 했다. 어른들에게 알리지 않았다. 가지 말라고 할 게 뻔했다. 식구들이 눈치를 채기 전에 돌아올 예정이었다.

　그날의 시냇물은 평소와 달라 선뜻 건널 수가 없었다. 장마 뒤라 물이 불어서 돌다리가 보이지 않았다. 굵은 동아줄 같은 물의 혓바닥이 나를 삼킬 것만 같았다. 엄마와 함께 갈 때도 물이 차지 않으면 혼자서도 건너간 돌다리였다. 어떻게 해보라는 동생의 눈빛에 떠밀려 한 발을 넣어봤더니 힘센 물살이 나를 떠밀었다. 엎어지면서 허우적대다가 물에서 빠져나왔다. 죽을 뻔했다는 말이 나도 모르게 튀어나왔다.

　"언니! 괜찮아?"

　동생이 울상을 지었다. 돌다리 네댓 개만 건너뛰면 되는 냇물이 공포로 다가왔다. 동생 손을 잡은 나는 엄마를 만나지 못하겠다는 아쉬움에 망연히 서 있었다. 힘들게 걸어온 길을 돌아가기는 억울했다. 그때 할머니 한 분이 우리 옆으로 왔다. 시장에 다녀오는지 작은 보따리를 들고 있었다. 할머니는 보따리를 내 손에 들려주고 동생을 업었다. 한 손으로 동생을 받치고 한 손으론 내 손을 잡았다. 그 할머니 덕에 우리는 외가에 도착했다.

　우리를 본 엄마는 깜짝 놀랐다. 엄마가 보고 싶었다고 우리는 말했다. 먹을 걸 준 엄마는 내일 학교를 빠지면 안 되니 내게는 집으로 가라고 했다. 엄마 옆에 찰싹 붙어 있는 동생이 배신자처럼 보였다. 서운한 마음을 접으며 혼자 집을 향했다. 걷다가 아까의 그 시내가 나오자 다시 겁이 났다. 다시 외가로 갈 수는 없었다. 학교에 안 가면 큰일 나는 줄 알 때였다. 오로지 저 물을 건너야겠다는 일념뿐이었다. 주위를 살피다가 번뜩 머리를 스치는 게 있었다. 물을 건너지 않고 다리 쪽으로 올라가는 방법이었다. 가파르긴 했으나 물에 떠내려갈 수는 없었다. 나는 비탈진 곳을 기어 올라갔다. 길에 올라서서 무릎과 손에 붙은 흙을 털었다. 다리 위를 걸으면서 나 자신이 대견하다고 생각했다.

그 일이 있은 뒤부터 여름이면 그 시냇물의 양을 먼저 살피는 버릇이 생겼다.

징검다리를 건너면 야산이 나왔다. 새소리도 들렸다. 조금 걷다 보면 초등학교가 보였다. 운동장의 놀이터엔 아이들 몇 명만 보였다. 햇살을 받은 운동장은 하얗게 빛났다. 두 마리 염소가 서로 가려고 싸웠을 법한 작은 나무다리를 건너면 넓은 들판이 다시 보인다. 가느다란 논둑길을 걸으면 반달이 엎어져 있는 듯한 초가가 모여 있는 외가 동네가 보인다. 그때부터 걸음이 빨라졌다.

외가 옆에는 실개천이 하나 있다. 실개천을 팔짝 뛰어넘으면 외가의 담이 보인다. 남쪽으로 나 있는 외가 대문을 향해 단거리선수처럼 뛰었다. 대문 앞에 큰 아가리를 벌린 우물이 있다. 공동 우물이지만 사용하는 사람이 별로 없는 것은 집마다 대개 우물이 있어서일 것이다.

할머니를 크게 부르며 열린 대문으로 들어선다. 서너 개밖에 안

남은 긴 이를 드러낸 외할머니가 우리 강아지들 왔구나 하며 반겼다. 쪽 찐 머리에 은비녀를 꽂은 외할머니의 하얀 머리를 보면 비로소 외가에 왔다는 게 실감이 났다.

외할머니 품에 안기면 할머니만의 독특한 냄새가 났다. 외할머니는 먹을 걸 자주 갖다줬다. 외할머니의 벽장은 화수분처럼 뭐가 자꾸 나왔다. 시집가면 남의 집 귀신 될 쓰잘데기 없는 가시내들이라고 구박만 하는 할머니와는 달랐다. 우리 집 다락방의 먹을 것은 장손인 남동생에게만 건네는 할머니였다.

외가의 음식 중에 지금도 생생한 건 조청이다. 조청을 먹기 위해 떡을 먹었으니까. 아직 그보다 맛있는 조청은 먹어 보지 못했다. 대청마루에 누워있는 우리에게 외할머니가 부채질해 주며 네 엄마는 잘 있냐? 고 물으면 건성으로 고개만 끄덕였다. 어른의 안부를 묻는 외할머니를 이해할 수 없었다. 어른은 다른 사람의 보살핌이 필요 없다는 생각이었다.

모든 엄마는 딸의 안부가 궁금하다. 우리 엄마도 그랬다. 작년 설 명절에 병원에 있어서 나 혼자만 친정에 못 갔다. 엄마가 내게 전화했을 때, 병원에서 세배드린다며 복 많이 받고 건강히 지내라고 말했다. 엄마는 딸을 통해 세뱃돈을 보내왔다. 해마다 세배를 드리면 복돈이라며 만 원짜리 한 장을 준 엄마다.

결혼 뒤 친정엄마를 모시고 남편과 함께 내 외가에 간 적이 있었다. 외가 앞까지 차가 들어갔다. 실개천도 없어지고 대문 앞 우물엔

물 대신 쓰레기만 가득했다. 집 모양은 세월이 비껴간 듯 별로 변한 게 없었다. 내가 코를 흘리면 흥! 하라며 치마 앞자락을 들어서 코를 닦아주시던 외할머니, 집으로 오기 위해 외가를 나선 뒤 실개천 옆에서 뒤를 돌아보면 어여 가라며 손사래 치시던 외할머니가 망부석처럼 내 가슴에 남아있다.

(2014)

변신(變身)

*가장 좋은 길은 항상 그 길을 통과하는 것이다.

- 로버트 프로스트

적당한 황금은 부를 안겨주지만, '미다스 왕'처럼 손에 닿는 것마다 황금으로 변한다면 고통이다. 음식도 황금으로 변하고 사랑하는 딸마저 황금으로 변한 그리스 신화 속의 이야기다. 자기 손으로 음식을 잡지 않고 다른 사람의 손을 빌려서 먹었다면 어땠을까, 하는 생각을 해봤다.

세월이 흐르면 주위에 보이는 것들이 조금씩 변하기도 하고 완전 변신도 한다. 변신하게 만드는 주역은 단연 사람이다. 대개 편리함과 아름다움을 위한 경우가 많다. 흙의 숨통을 막아버리는 행위도 예사로 하고 있다.

여수의 아름다운 풍경 중의 하나인 '향일암'도 변했다. 흙을 밟고 올라갔던 길은 즐비하게 늘어선 수백 개의 돌계단이 대신했다. 계단을 오르면서 순간적으로 엘리베이터를 찾고 있는 나 자신을 보니 피식 웃음이 나왔다. 돌계단으로 바뀌기 전에는 그 꼬불꼬불한 흙길을 칠순의 친정엄마도 잘 올라갔는데, 이제는 육십이 안 된 나도 오르내리기가 힘이 든다. 예전의 동백나무 숲 사이로 오르던 오솔길을 이제는 아름다운 추억으로만 돌리고 말 것인가.

곳곳에 흩어져 있는 바위는 거북이 등처럼 갈라진 모습을 하고 있다. 언젠가 등산길에서 젊은 여자가 함께 온 남자 친구에게 거북이 등처럼 금이 간 바위를 보며 사람이 칼로 긁어놓은 것 아니냐며 물었다. 나도 처음 그 바위를 봤을 때는 그런 의문을 가졌다. 바위들이 거북이 등처럼 균열이 나 있어서 해를 향한다는 '향일암(向日庵)'보다 '영구암(靈龜庵)'이라는 암자 명이 더 어울릴 듯싶었다.

지금의 '향일암' 등반의 느낌은 옛날 같지 않다. 곳곳에 바다로 헤엄쳐 나가고 싶은 작은 거북이 형상의 돌만 묵묵히 엎드려있다. 상관음전 아래쪽 '원효 스님 좌선대'라고 적힌 너럭바위 위에는 여러 개의 동전이 흩어져 있었다. 동전을 던지면서 소원을 빈 사람도 있었을 테고, 호기심으로 동전을 던져본 사람도 있었을 것이다. 나는 그 장면을 내려다보면서 이탈리아의 '트레비분수'처럼 수입이 짭짤할 것이라는 속물적 계산을 하고 있었다.

2009년 말의 원인 모르는 화재로 타버린 대웅전의 새 단장은 웅장할 뿐, 숲속 암자의 정적미(靜寂味)는 찾아볼 수 없어 아쉬웠다. 알고 보니 원래 모습인 금단청으로 복원된 게 아니기 때문이다. '해우소'라고 불리던 화장실은 이제 현대식으로 변했다. 그 뜻이야 어떻든 우선 편리하고 깨끗하다는 점에서 환영할 일이다. 휴일이면 곳곳의 사찰마다 사람들이 넘치다 보니 주차장에는 승용차가 가득하다. 암자로 오르는 길 양쪽엔 갓김치와 건어물 파는 가게가 즐비하고 현대식 숙소인 펜션이나 모텔도 많아졌다. 전나무 숲의 향이 좋아서 다른 절보다 자주 찾았던 '내소사' 앞에서 전어를 구워 파는 모습이 생각났다. 전어 굽는 연기와 고소한 냄새가 사방으로 흩어져 퍼지는 것이 오일장 시골 장날 장터에 간 느낌이다. 다른 것은 시대에 따라 변모할지라도 사찰만큼은 변하지 않았으면 하는 바람은 나만의 욕심일지 모르겠다.

요즘 세상에는 남녀를 막론하고 자기 얼굴 변신을 시도하는 사람이 많다. 친구가 쌍꺼풀 수술을 했는데, 결과가 무척 궁금하다는 딸의 말을 들었다. 요즘은 방학을 이용해서 엄마가 수술시켜 준다는 것이다. 나와는 다르게 딸애는 쌍꺼풀의 예쁜 눈을 가져 한 가지 걱정은 덜었다. 딸에게 수술비가 안 들어서 좋겠다고 했더니 수긍하면서도 행여나 고칠 기회가 있다면 네모난 턱을 깎고 코와 얼굴 면적을 조금 줄이고 싶다는 말도 했다. '물론 안 고치겠지만'이라는 말을 덧붙였다.

"나는 장애를 갖고 태어나지 않은 것만으로도 고맙다고 생각하면서 살아왔어."

내 말에 딸애는 고개를 끄덕이며 수긍한다는 표정을 지었다. 귓밥에 구멍 뚫는 것도 허락하지 않는 부모인데, 얼굴까지 고친다는 것은 말도 안 되는 일이라는 걸 다 안다는 눈치다. '신체발부 수지부모(身體髮膚 受之父母)'라는 말이 사라진 지도 오래다. 자식 이기는 부모 없다고 했다. 알게 모르게 뜯어고치는 세상이 되어버렸다. 얼굴만 예쁘면 죄를 범해도 용서되는 세상이다. 성형의 남발로 인해 가난한 부모의 어깨는 더 무거워졌다. 가끔 턱을 깎는 수술을 한 사람이 마취에서 깨어나지 못해 그 길로 영영 떠나버렸다는 뉴스를 접히기도 한다. 하지만 사람들은 '복불복'이라는 팔자소관으로 돌려 누구나 다 그런 것은 아니지 않느냐고 합리화시킨다. 외국인이 본 우리나라 젊은 여성들은 모두가 똑같은 얼굴로 개성이 없다고들 말한다. 요즘엔 '의란성(醫卵性) 쌍둥이'라는 신조어까지 생겼다. 제조 공장에서 똑같이 만들어 나오는 인형이 생각난다. 화장한 얼굴을 지우면 본래의 모습이 나오지만, 고친 얼굴은 전혀 딴판이다.

"얼굴을 바꾼다고 운명이 달라지진 않아."

언젠가 관상쟁이가 눈썹 문신을 한 여자에게 한 말이 생각난다.

보는 즐거움과 편리함이 자연을 서서히 허물어가고 있다. 편리함의 시설에 밀려 사찰이나 사람이나 모든 것들이 자연의 제 모습을 잃어가고 있다. 저러다 눈, 코, 입을 뜯어고친 여인은 자기 얼굴도 못 알아보는 세상이 되어 버릴지도 모르겠다.

세월의 흐름에 따라 세상 만물이 변하는 것은 엄연한 우주의 법칙이지만, 속도를 좀 늦추었으면 하는 것이 내 생각이다. 올라가는 길이 흙이든 시멘트 계단이든 필요에 따라 따를 수밖에는 없을 것이다.

현대를 살아가는 우리는 각자의 주장만 내세울 것이 아니라 조금씩 양보함으로써 조화롭고 편리한 삶을 누릴 수 있었으면 한다. 부디 미다스 왕의 어리석음을 겪지 않았으면 한다. 변한 게 어디 '향일암'뿐이겠는가.

(2014)

그들의 우정

*친구를 얻는 유일한 방법은 스스로 완전한 친구가 되는 것.

- 랄프 왈도 에머슨

예전에 남편이 근무했던 동네를 남편과 함께 지나갔다. 그곳에서 폐지를 손수레에 싣고 가는 청년을 만났다. 남편이 클랙슨을 누른 다음 청년 옆에 차를 댔다.

"어, 털보 사장님!"

잠시 눈을 찌푸리던 그가 차 안을 확인하고는 무척이나 반긴다. 반가움 뒤에 원망의 표정이 스친다. 언젠가 그 동네 철공소 직원의 '청년이 남편의 안부를 가끔 묻더라.'라는 말을 들은 뒤여서인지도 모르겠다.

구레나룻으로 덮여 있는 남편의 얼굴을 본 청년은 자기가 부르고 싶은 대로 항상 그렇게 불렀다. 다른 사람이 그렇게 불렀다면 별로 탐탁지 않게 여겼을 남편은 그 청년에겐 싫은 내색을 하지 않는다.

청년의 집은 남편의 사무실 가까운 곳에 있었다. 일하지 않을 때의 청년은 남편 사무실에 자주 놀러 왔다.

그는 지금 40대 중반이지만 초등학교 1학년 정도의 지능을 갖고 있다.

"나는 더하기도 할 줄 알고 빼기도 할 줄 알고 이름도 쓸 수 있어요."

청년이 어눌한 말로 자랑스럽게 말한 걸 본 적이 있다. 손가락을 벌려 더하기 빼기도 하고, 서투른 글씨로 이름을 적어 보여주던 기억도 난다.

"내가 어릴 때 마루에서 떨어져서 바보가 됐어요."

청년은 마루에서 떨어진 걸 기억하는지 아버지의 말을 기억해서인지 이런 말을 했다. 그의 아버지 말에 의하면 어릴 때 마루에서 떨어져 머리를 다친 뒤 그렇게 됐다고 한다.

청년은 남편을 무척 따랐었다. 자기 집처럼 남편의 사무실로 쑥 들어오곤 했다. 다른 사람들은 그를 별로 상대해 주지 않고 놀리기만 하지만, 남편은 '미카엘 엔더'의 꼬마 주인공 '모모'처럼 청년의 이야기를 귀 기울여 들어주고 맞장구도 쳐준다. 둘의 대화하는 모습을 옆에서 보고 있으면 오래된 친구 같다. 눈높이를 맞춰주는 것도 좋지만, 저렇게 계속 지내다가 남편의 지능이 청년과 같아질 것 같아 은근히 걱정한 적도 있었다. 멀쩡한 청년이 지적 장애가 있는 엄마와 한집에서 오래 살다가 그 엄마처럼 된 경우를 봤기 때문이다.

"영호야! 고물 주우러 다니다가 이렇게 생긴 거 보이면 좀 갖다주라."

뭐든 고치는 걸 좋아하는 남편은 나사 하나라도 부족하면 청년에게 부탁했다. 청년은 주로 고물이나 폐지를 주워 나르는 일을 했다. 남편의 부탁에 청년은 알았다며 고개를 끄덕였다. 어쩌다가 원하는 걸 갖고 오면 그냥 주는 법이 없이 물건값을 받아 챙겼다. 야박스럽게 느껴지다가도 아버지 옆에서 배운 것이겠거니 하며 이해했다. 부모가 언제까지 청년 옆에 있을 수는 없다. 배우자도 없는 청년이다. 키도 크고 인상이 좋은 청년을 보면서 가족이 다 떠난 뒤의 모습을 상상하니 은근히 걱정됐다. 그 행동이 어쩌면 홀로서기를 익혀야 하는 방법일 수도 있다.

청년은 자전거를 잘 탔다. 아버지 심부름에 따라 자전거에 폐지나 고물을 실어 나르기도 하고, 개가 먹을 음식 찌꺼기를 시장에서 받아오기도 했다. 청년은 자전거를 탈 때가 가장 즐거운가 보다. 신나게 휘파람을 불면서 느린 속도로 타고 갔다. 느린 속도로 가는 게 더 힘든데도 청년은 곡예를 하듯 잘도 탔다.

"영호야! 요즘도 송대관 노래 좋아하나?"

남편의 물음에 영호는 활짝 웃으며 "송대관이 최고야… 털보 사장이 다음에 또 데려가 줘…." 한다. 몇 년 전 우리는 청년을 송대관이 나오는 콘서트에 데려간 적이 있었다.

"털보 사장님! 나 송대관 좋아하는데 좀 데려가 줘. 여기 표도 있어…."

그날은 송대관을 비롯해 트로트 가수 몇 명이 공연하는 날이었다. 여수세계박람회를 미리 축하하는 자리였다.

청년은 공연 초대권이 있었지만, 꽤 떨어진 공연장까지 혼자 갈 수가 없었다. 누구 하나 청년을 데리고 갈 사람이 없었다. 피부병 걸린 것처럼 피부도 좋지 않은 청년 곁에 사람들은 가기를 꺼린다. 원래 우리 내외만 가기로 했던 계획을 바꿔 남편이 청년을 먼저 태운 다음 우리 동네로 나를 태우러 왔다. 청년은 차 안에서도 〈해 뜰 날〉을 휘파람으로 불렀다.

공연장에 들어가기 전에 나는 먹을 것을 샀고 우리 셋은 나눠 먹었다. 그날 청년은 송대관이 나오자, 주위 사람의 반응은 살피지도 않고 큰 소리로 따라 불렀다. 나는 주위 사람의 표정을 살피기 바쁜데 청년은 본능이 시키는 대로 했다. 나도 자그맣게 노래를 따라 불렀다. 주위 사람들도 하나둘 부르기 시작했다. 노래 한 곡이 끝날 때마다 청년은 휘파람까지 불었다. 공연장을 나서면서 청년은 계속 하얀 이를 드러내며 웃었다. 차 안에서도 청년은 노래를 계속 불렀다. 그의 집 앞에 내려주니 대문 앞에 선 청년은 엄지손가락을 내밀며 털보 사장 최고 하며 활짝 웃었다. 다음날 청년의 아버지가 고맙다며 남편에게 전화하셨단다.

그 뒤 남편은 그곳 일을 그만뒀다. 그러다 보니 청년을 자주 만나지 못했다. 대형 상점의 안마의자 파는 곳에 눈을 감고 편안하게 누워있는 모습을 본 적이 있다. 하지만 그는 여전히 손수레에 폐지를 싣고 다니거나 자전거를 타고 다니는 모습을 보여준다.

"털보 사장님! 나, 차 좀 태워줘…."

오랜만에 만난 청년은 조심스럽게 말했다. 예전에도 남편은 가끔 시내에 갈 일이 있으면 청년을 차에 태운 적이 있었다는 것이다. 항상 자전거만 타고 다녀서인지 어린이처럼 차 타는 걸 아주 좋아한단다. 청년이 나사값을 받으려고 할 때 차를 태워주지 않겠다고 농담처럼 말하면 받지 않겠다고 말할 정도였다. 손수레를 집에 두고 오라고 하자 청년은 뛰다시피 손수레를 집 앞에 두고 왔다.

그리 급한 일이 있는 것도 아닌 우리는 청년을 태우고 천천히 동네를 돌았다. 늘 보는 풍경일 텐데 차 안에서 보는 모습이 신기한 듯 온몸을 틀어 밖을 내다보는 것이었다. 청년의 옆집에 사는 송씨 할머니가 지나가자 손을 마구 흔들기도 했다.

"털보 사장님, 흰머리 나는 거 보니 많이 늙었다."

청년의 집 앞에 차를 댔더니 차에서 내린 청년이 남편의 얼굴을 보고는 안타까운 듯 말했다.

"지 머리도 희끗희끗하구먼…."

남편이 차를 돌리며 혼잣말처럼 중얼거렸다.

(2013)

믿음

*절망에 대한 가장 확실한 해독제는 믿음이다.

- 키르케고르

규현 씨가 노랗게 익기 전의 호박을 우리 집에 갖고 왔다. 처음은
아니다. 작은 호박이었을 때도 두 번 주고 갔다. 그의 밭은 고흥에
있다. 지난여름, 우리 부부와 그 부부가 그곳에 간 적이 있었다.
자드락길 끝에 밭이 있었다. 감나무 개복숭나무 상추 고추 가지 등
이 심겨 있었다. 그리 넓지도 않은 밭에 우리는 물을 주고 잡초를
뽑았다. 수도가 설치되지 않아 조금 떨어진 인가에 가서 물통에 물
을 담아 날라야 했다. 다들 햇빛에 붉어진 얼굴에 땀을 줄줄 흘렸다.
허리가 안 좋은 나는 상추만 뜯다가 차 안에서 쉬었다. 그 부부는
휴일이면 고향인 그곳으로 간다. 농작물이 있고 선산도 있어서다.
"아내가 오이꽃을 호박꽃인 줄 알고 따버린 적이 있었어요."
규현 씨가 그런 말을 할 때, 호박을 좋아한 나는 다행이라는 생각
을 했다.

밭에서 우리 집에 오는 사이에 그의 집이 있다. 그의 집까지 가는 길에 우리 집이 있으면 덜 미안할 것이다. 그는 호박 한 덩이를 주기 위해 그의 집에서 차로 30분 거리에 있는 우리 집에 온다. 내가 호박을 좋아한다는 말을 잊지 않아서다. 내가 집에 없을 때는 호박이 담긴 비닐봉지를 담장에 걸어놓고 간다. 나는 어린 호박으로 호박전을 만들어 먹고, 남편은 그가 담갔다는 개복숭아주를 마신다. 작은 호박 한 덩이를 주기 위해 먼 길을 마다하지 않고 갖다준 그런 행위는 관심이다. 관심이 없으면 상대방의 말이나 행동을 기억하지 않는다.

조선 시대 광해군 때 '나성룡'이라는 젊은이가 교수형을 당하게 되었다. 그는 부모님께 마지막 인사를 하게 해 달라고 간청했다. 선례를 남길 수 없고, 도망갈 수도 있다면서 광해군은 거절했다. 그때 나성룡의 친구 '이대로'가 친구의 귀환을 보증서겠다며 그를 집에 보내달라고 말했다.

"대로야. 만일 나성룡이 돌아오지 않는다면 어찌하겠냐?"

광해군의 물음에 내가 대신 교수형을 받겠다고 대답했다. 광해군은 어쩔 수 없이 허락했고 나대로는 감옥에 대신 갇혔다. 교수형을 집행하는 날이 밝았는데 나성룡은 오지 않았고, 사람들은 이대로를 바보라고 비웃었다. 정오가 가까워졌을 때 이대로가 교수대로 끌려 나왔다. 그의 목에 밧줄이 걸리자 이대로의 친척들은 나성룡을 욕하며 울부짖었다.

"나의 친구 나성룡을 욕하지 마라. 당신들이 내 친구를 어찌 알겠는가."

죽음을 앞두고도 초연한 이대로의 말에 모두가 조용해졌다. 곧 사형을 집행하라는 광해군의 명이 떨어졌다. 그때 멀리서 말을 재촉하여 고함을 친 사람이 있었으니 바로 나성룡이었다.

"오는 길에 배가 풍랑을 만나 겨우 살아났습니다. 그 바람에 이제야 올 수 있었습니다."

그는 숨을 헐떡이며 다가와 이대로를 풀어달라고 했다. 광해군은 두 사람을 풀어줬다. 이 내용은 우정이기도 하지만 믿음이다.

'믿음이란 희망이 보이지 않을 때도 그것을 믿는 것이다.'라고 헬렌 워즈워스 롱펠로우는 말했다.

얼마 전에도 규현 씨는 남편에게 2천만 원을 선뜻 빌려주겠다고 했다. 우리가 계약한 자동차가 적금 만기일 뒤에 나온다고 해서 안심했는데, 생각보다 일찍 출고되는 바람에 돈이 모자랐다. 그런 사정을 안 규현 씨가 걱정하지 말라며, 자기가 가진 현금 전부를 바로 찾아주겠다는 것이다. 계약서도 쓰지 않고 이자도 받지 않겠다며 아무 때나 갚으라고 했단다. 그가 아무에게나 이런 호의를 베푸는 건 아니라고 본다. 남편에 대한 믿음이 있어서다. 친형제처럼 지내는 둘의 사이가 오래 갈 거라고 나는 믿는다. 오늘 저녁에도 호박넣은 갈치조림 만들 생각을 하니 침이 고인다.

(2024)

남산동 사람들

밤이면 여전히 우리 동네 연등천은 은가루를 뿌린 듯 반짝인다. 이제는 연등천이 두 개의 얼굴을 가졌다는 것도 안다. 이곳 터줏대감이 아닌데도 떠나지 못하고 있는 남산동, 내 주위 사람의 안부가 궁금할 때는 동네 사랑방 격인 자매슈퍼로 간다. 주인아줌마의 수다를 듣기 위해서다. 주인아줌마인 영애 씨는 예전부터 '정 나누기 운동'을 개발한 사람이다. 부담되지 않는 선에서 서로 나누면서 살자고 한다. 집에서 간식을 만들거나, 어디서 먹을거리가 생기면 이웃끼리 나눠 먹는다. 물건을 사고 동전 몇 개가 남으면 나도 진열창 위에 얹어진 돼지저금통에 넣는다. 영애 씨가 넣으라고 강요한 적은 없다.

"하루에 동전 몇 개씩 넣었다가 다음에 어려운 곳에 쓰려고요.

제 뜻을 안 이웃분들도 거스름돈을 넣어줘서 얼마나 고마운지 몰라요."

언젠가 그 돼지저금통의 용도를 물었더니 꽉 차면 꺼낸 후 조금더 보태서 보육시설에 있는 아이들에게 학용품이나 장난감을 사서 갖다주고 온다는 것이다.

젊었을 때 남편을 잃고 혼자 두 딸을 키워서 결혼시킨 영애 씨는 지금 혼자 살고 있다. 외로움 때문인지 공감대가 통해서인지 내가 가면 말을 많이 한다.

이야기하는 중에 남학생이 담배를 사러 왔다. 몇 살이냐고 영애 씨가 묻자 학생은 재수생이라고 한다. 주민등록증을 보여 달라는 말에 남학생이 안 갖고 왔다고 하자 영애 씨는 가져와서 담배를 사 가라고 한다.

"내가 학생들에게는 담배를 팔지 않으니까 지나가는 아주머니를 시켜 사달라고 하는 학생도 있다니까요."

영애 씨는 미성년자에게는 절대로 담배를 팔지 않는다. 요즘 대형 상점과 백화점이 들어섬으로써 동네 가게가 하나둘, 문을 닫고 있다. 사람들은 물건 싼 것만 알지, 우리 지역의 경제는 생각하지 않는다. 그래도 영애 씨는 별로 타격을 받지 않고 잘 꾸려나간다. 그럴 수밖에 없는 이유가 있다.

처음으로 그 가게에 아이스크림을 사러 간 날, 인상이 좋아 보이지 않는 영애 씨는 내게 관심을 나타내지 않았다.

"그 아이스크림 녹았는데, 이쪽 걸로 갖고 가세요."

내가 집어 든 아이스크림을 본 아주머니가 말했다. 그래서 녹지 않은 걸로 바꿔 왔다.

그 며칠 뒤에 뻥 과자를 사러 갔더니 귀퉁이 두어 개가 부스러졌다며 200원을 거슬러줬다. 가게 앞에서 뽑은 자판기 커피의 양이 반밖에 차지 않았다고 하자 죄송하다며 얼른 다시 뽑아주기도 했다. 그 뒤 친구가 됐다.

조금 있으니 진욱 엄마가 시장에 가는 중이라며 피로해소제인 음료수 하나를 사 간다. 진욱 엄마는 시장에서 김치와 채소를 파는 노점상을 운영한다. 가게를 전문적으로 하지 못하는 것도 자금이 달려서일 것이다. 그때그때 저렴한 채소를 사서 김치를 담그다 보니 채솟값이 비쌀 때는 여러 김치를 갖출 수가 없다며 아쉬워했다.

며칠 전, 여러 곳의 김치가게를 두고 진욱이네 가게로 깻잎김치를 사러 갔더니 담그지 않았다고 했다. 그 집 젓갈이 맛있어서인지 김치맛이 좋았는데 섭섭했다. 진욱이 아빠가 직업이 없어 이 일 저 일을 해서 늘 살림살이가 곤란한 것 같았다. 냉장고에 오이가 있는데도 몇 개 더 사고 호박잎도 조금 샀다.

진욱 엄마의 쇼핑 핸드카 소리가 멀어진 뒤 '담배 할머니'가 들어온다. 늘 입에 담배를 물고 살아서 내가 붙인 이름이다. 키도 작고 체구도 작은 80대의 할머니다. 할머니는 가게에 자주 오시지만 물건을 산 적은 거의 없다. 의자에 무릎을 세우고 동그랗게 앉은 채 담배만 피운다. 담배 냄새를 좋아할 리 없는 영애 씨도 오지 말라는 소리는 하지 않는다. 나 역시 담배 연기를 싫어하지만, 할머니의 사정을 듣고 나니 이해를 할 수 있었다. 아들 둘을 불의의 사고로 잃은 후 혼자 사신다는 것이다. 담배 연기 속에 할머니의 안 좋은 기억을 다 날렸으면 좋겠다고 생각하며 가게를 나선다.

그러다가 집 앞에서 영자 아줌마를 만났다. 피하고 싶은 아줌마다. 골목을 사이에 두고 있는 바로 앞집인 영자 아줌마 방에서 들려오는 여러 사람의 말도 듣기 싫다.

"고 고!"

"이번엔 니가 죽어야겠다!"

언제부턴가 그 집 방에서 들리는 소리다. 가만히 귀 기울여보니 화투 치는 소리다. 낯선 남자와 여자들이 그 집 대문을 열고 나오는 걸 몇 번 봤다. 여자들은 불안한 표정으로 주위를 살피기도 했다. 낮에는 그렇다 쳐도 밤 11시가 넘어서까지 들리는 소리는 정말 싫다.

"영자 아줌마! 우리 집 개 짖는 소리가 듣기 싫다며 시청에 고발하셨지만, 그 집에서 나는 화투를 치는 소리는 더 시끄럽거든요!"

이런 말을 해주고 싶지만 참는다. 똑같은 사람이 되긴 싫다. 그리고 화투를 치는 사람들은 또 다른 곳으로 옮길 것을 알기 때문이다.

"개 좀 어떻게 해봐. 시끄러워 살 수가 있나…."

영자 아줌마의 이 말을 들을 때면 나는 그저 죄송하다는 말만 한다. 영자 아줌마 입에서 또 그 소리가 나올까 봐 나는 안녕하세요? 라는 인사를 공손히 하며 재빨리 집으로 들어온다.

처음 이 동네로 왔을 때부터 알고 지냈던 사람들은 이제 별로 없다. 밤이면 다리 아래 아름답게 보이는 윤슬인데, 낮에 보면 여전히 지저분하다.

그 냇물의 옆 한쪽 길에는 어시장이다. 눈치 봐가며 쓰레기를 버리는 상인이 가끔 있다. 구정물 위에 스티로폼 박스가 떠 있는 것도 보인다. 가끔은 숭어 떼가 바람에 쏠리듯 몰려다니고 갈매기가 보이기도 한다.

여름 장마 끝엔 황토물이 역류해서 집이 물에 잠길 때면 '이놈의 동네를 떠나야지.'라는 넋두리를 한다. 그러면서 30년을 살았다.

(2012)

민음과

불신

사이

호의를 의심으로 받아들인 나 자신이 한심했다. 다시는 아이들에게 장난도 치지 않고, 먹을 것을 사주지도 않아야겠다는 말을 아저씨는 했다는 것이다. 나는 그 아저씨에게 건넬 작은 음료수 한 상자를 사놓았지만 끝내 전하지는 못했다.

　행여 그런 오해를 다시 할까 봐 나는 딸을 향해 그 커피를 시원하게 마셔야겠다며 냉장고에 넣어두라고 했다. 믿음이 깨지는 순간 불신이 생긴다. 불신이 오해를 일으키기도 한다. 그렇다고 뭐든지 무조건 믿어버릴 수도 없는 세상이다.

　　-본문 중에서

20대, 50대의 우정

＊ 아이들의 눈으로 바라본 '우정'이란→차에 친구가 안 타면 안 탔다고 소리치는 것입니다.

"엄마! 오늘도 장미가 후문 쪽으로 마중을 나와 줬어요."

주말의 11시가 넘은 시간, 타지에 있는 딸에게 전화했더니 이런 대답을 한다. '장미'는 한방을 쓰는 딸의 친구 이름이다. 처음에 '백 장미'라는 이름을 듣고 웃었다. 딸애 역시 내 웃음의 의미를 알았던 지 따라 웃었다. 장미의 부모가 성에 어울리게 이름을 지었을 때는 뒷날 여학생들의 불량클럽에 쓰일지는 몰랐다는 것이다.

그 늦은 시간에 잠도 안 자고 밖에서 기다려준 장미의 마음이 고마웠다.

"제가 걱정되나 봐요. 모자까지 푹 눌러쓰고서 기다린다니까요."

딸애 역시 친구의 마음이 고맙기도 하고 미안하기도 하단다.

대학생인 딸애는 광주의 기숙사에 있다. 주말과 휴일이면 카페에서 아르바이트한다. 대학생이 둘인 집안 형편을 고려해서인지 자기 용돈만이라도 벌어서 쓰겠다는 것이다.

저녁 10시 30분까지 8시간 정도 서서 일하니까 기숙사에 들어오면 다리가 붓고 아프다고 했다. 일이 끝나고 버스를 타도 버스에서 내려 걸어가는 시간이 길다 보니 그냥 걸어 다닌다는 딸. 아마도 차비를 아끼고 싶은 마음이 더 컸을 것이다. 학원가가 있는 곳이라 토요일은 사람이 붐비지만, 일요일은 인적이 드물다는 딸애의 말에 나는 늘 걱정이 된다. 고3 수험생 때, 버스 정류소에서 딸애를 기다려 함께 집으로 왔던 기억이 난다. 집으로 들어서는 긴 골목을 딸애는 무서워했다. 스물한 살의 딸에게 밤길은 여전히 안전지대는 아니다.

큰길을 벗어나 어두운 길을 부지런히 걷는 딸애 앞에 이름을 부르며 기다리는 친구를 보면 얼마나 힘이 나겠는가. 조바심에서 든든함으로 바뀌었을 생각을 하니 내가 더 흐뭇하다. 장미가 처음부터 딸애를 기다리지는 않았다. 딸애가 구급차에 실려 간 후부터라고 했다.

얼마 전 우리 부부는 남편 친구 부부와 함께 1박 2일의 여행을 했다. 가까운 곳을 둘러보고 맛있는 음식도 먹으면서 즐겁게 지냈다. 어른을 모시고 사는 터라 그런 기회를 자주 만들기 어렵다. 친구 부부와 헤어지기 전, 남편 친구가 안내하는 오리고기 전문 식당으로 저녁밥을 먹으러 갔다.

주문도 하기 전, 휴대전화를 받은 남편의 얼굴이 하얗게 변했다.

기숙사에 있는 딸애가 쓰러져 구급차에 실려 병원에 갔다는 것이다. 딸애를 따라갔다는 장미에게 전화하고 문자까지 보냈지만 답이 없었다.

치과에서 썩은 이 하나만 뽑아도 기절할 정도로 겁이 많은 남편은 친구 앞이라 애써 진정하고 있었다. 친구 부부는 빨리 가보라고 했다. 남편은 광주에 사는 조카에게 전화해서 딸이 있는 병원에 가보라고 했다. 결혼한 조카는 집안 사정이 있어 어렸을 때 우리 집에서 자랐다. 남편이 회초리를 들어가면서 키운 자식 같은 아이다.

"지금 내가 두 시간을 차로 간다고 해도 별 뾰족한 방법은 없어. 조카에게 부탁했으니 경과를 보면서 가든지 해야지."

친구 부부만 없었다면 허둥대며 바로 출발했을 남편이다.

조금 뒤 딸애가 깨어났다는 장미의 전화를 받았다. 다른 검사도 하고 있으니 걱정은 하지 말라고 했다. 그때야 우리는 음식 주문을 했다. 평일인데도 사람이 붐비는 그 식당에서 나는 오리고기 맛을 느낄 수가 없었다. 남편 역시 친구 부부 앞이라 맛있는 척하고 있었다.

식당을 나와서 친구 부부가 차(茶)가 맛있다는 곳으로 우리를 데리고 갔다. 친구 부부는 시간을 끌고 있었다. 우리 부부가 딸애의 전화를 받는 것까지 봐야 안심하겠다는 눈치였다. 그 찻집에서 별 이상이 없다는 조카의 전화를 받았다.

"진이 룸메이트가 참 고맙네요. 내일이 시험인데 가지도 않고 애인처럼 옆에 꼭 붙어 있더라니까요."

조카의 말을 듣고 시계를 보니 밤 11시쯤이었다.

차를 다 마시고 이야기를 하면서 몰래 시계를 여러 번 힐끔거리는데 딸애가 죄송하다는 전화를 했다. 별일도 아닌데 전화를 한 기숙사 측을 원망하며 애서 명랑한 척 목소리를 높이고 있었다. 그제야 친구 부부는 이제 각자의 집으로 가자고 했다.

다음 날 딸애는 장미 옆에서 새벽 3시까지 잠을 안 자고 책을 읽었다고 했다. 시험 기간인데도 딸이 걱정돼 공부를 안 하고 병원에서 밤을 새운 친구인데, 딸의 시험이 먼저 끝났다고 혼자 잘 수는 없었다고 했다. 둘은 과가 달랐다.

"엄마! 요즘 장미도 김치 잘 먹어요. 제가 김치를 하도 맛있게 먹으니까 한 번 먹어 보더니 맛있다면서 그 후 계속 먹어요."

충청도가 집인 장미는 김치를 안 먹는다고 했다. 그런데 김치 하나만 놓고도 밥을 아주 맛있게 먹는 딸애를 보더니 김치를 먹기 시작했다는 것이다. 한국 사람이 김치를 잘 먹는다는 것처럼 좋은 일이 어디 있겠는가. 나는 장미가 내 딸인 것처럼 잘됐다며 기뻐해 줬다.

그 뒤부터 아르바이트를 끝내고 오는 딸애를 장미가 기다린다고 했다. 모자를 푹 눌러쓴 키 큰 장미와 보통 키를 가진 딸애의 걷는 모습은 아마도 연인처럼 보일 것이다. 장미가 밤길에 모자를 눌러쓴 것은 아마도 그런 효과를 노린 듯싶다. 어두운 길을 다정하게 걸어 가는 둘의 긴 그림자가 보이는 듯하다. 긴 그림자처럼 두 아이의 아름다운 우정도 오래가길 바라본다.

(2012)

지팡이

＊ 못된 자식들보다 말 없는 지팡이가 낫네. 이 지팡이만이 나를 아
  껴 주고 생각하네.

　　　　　　　　　– 부처가 걸식하는 노인에게 들려준 말 중에서

지난 설날 형제들이 친정에 모였을 때 이곳 광양에도 일본으로
가는 배편이 있으니 가족 모두 일본 여행을 하자는 말이 나왔다.
아버지는 아예 가지 않을 것으로 보고 엄마에게는 갈 수 있겠느냐고
물었다. 엄마는 몸이 따라주지 않는다고 했다. 허리가 안 좋아 오래
걷지 못하기 때문이다.

사촌 동생이 엄마를 위해 명아주 지팡이를 만들어 가져온 지 꽤
되었지만, 엄마는 아직 그걸 사용하지 않았다. 손자가 사용했던 유
모차를 끌고 밖으로 나가는 엄마를 의아해한 적이 있었다. 유모차는
엄마의 지팡이였다.

이제 엄마는 지팡이를 짚지 않고는 여행을 못 가실 수도 있다.
지난봄, 엄마를 모시고 다녀온 1박 2일의 여행에서 나는 이제 엄

마가 지팡이를 사용했으면 했다. 모양새는 안 좋아도 걷기를 힘들어 하지는 않을 것이라는 생각이다.

"나도 이제 여행도 다닐란다. 지금이야 네 아버지와 함께 간다는 건 글렀고 이번 여행엔 혼자 다녀올란다. 지금까지 네 아버지 눈치 보면서 제대로 놀러도 못 다녔는데, 앞으로 살면 얼마나 살겠냐?"

그날 엄마는 남들이 풀지 못하는 매듭을 칼로 싹둑 잘라버린 고르디우스처럼 비장하게 말했다. 아버지의 생일을 축하하기 위해 친정에 모였던 우리 형제자매는 서로의 얼굴을 보았다. 긴 세월 함께한 아버지에게 큰소리 한 번 내지 않던 엄마였다. 옷 갈아입을 때도 아버지가 안 계신 방으로 건너갔고, 소리 내어 웃는 적도 없는 엄마였다. 그런 엄마가 혼자라도 여행을 가겠다고 선언한 것이다.

아버지는 여행을 안 가시려고 했다.

금혼식을 앞두고 두 분을 중국에 여행 보내드리기로 할 때였다. 많은 사람이 중국 여행을 할 때여서 당연히 부모님도 좋아하실 줄 알았다.

"나는 안 갈란다."

계획을 다 짜고 항공사에 예약하려던 우리는 아버지의 이 말에 깜짝 놀랐다. 행여 잘못 들었나 하며 모두 의아한 표정으로 아버지 얼굴을 바라보았다. 아버지가 여태 여행을 안 가신 것은 가정 형편 때문일 거라고 생각했다. 대식구 거느리고 농사만 짓던 아버지라 돈도 시간도 없었을 것이다. 그래서 우리 형제들은 예전부터 두 분을 여행시켜 드리려고 회비를 모았다.

"왜요? 아버지."

이구동성으로 묻는 말에 아버지는 "비행기가 하늘을 날다가 떨어지면 어쩌냐? 저번에도 그 어디서 비행기가 떨어져서 사람이 다 죽었잖아?" 하셨다.

동네에서 호랑이 아저씨로 불리고, 무서움의 대명사로 통하는 아버지가 비행기가 무서워 여행을 안 가시겠다는 걸 도저히 이해할 수가 없었다.

"네 아버지는 겉으로는 그리 안 보여도 참 겁이 많은 분이다."

만리장성이랑 천안문을 볼 수 있다는 즐거움에 들떠 있던 엄마는 못마땅해하셨다. 동네 노인당을 드나들던 엄마는 중국 다녀왔다는 어느 분의 여행담을 들었다. 온갖 방법으로 아버지를 설득하려 했지만, 아버지는 응하지 않았다. 중국 말고 국내 여행을 권했지만, 그것도 싫다고 하셨다. 날마다 사고 나는 버스도 못 믿겠다는 것이다.

엄마가 즉각 나섰다.

"그렇게 걱정이 많은 사람이 밖에는 어찌 나가요? 버스가 덮칠 수도 있고, 간판이 떨어질 수도 있고 또 돌부리에 걸려 넘어질 수도 있는 거 아니겠어요?"

그렇게 흥분한 엄마의 모습이 생소해 보였다. '내가 과부냐? 서방을 두고 혼자 여행을 가게…' 하셨던 엄마였다.

"그래도 첫째와 셋째가 객지에서 결혼식을 올릴 때는 버스 걱정은커녕 새벽부터 서두르더라."

엄마는 아버지를 향해, 이번에도 여행이 아니라 딸네들 결혼식장에 간다고 생각하면 되지 않겠느냐고 물었다. 부모 된 도리로 참석하는 결혼식과 여행은 다른 거라며 돌아앉던 아버지의 고집을 꺾지 못했고 여행은 무산됐다.

그런 몇 년 뒤, 혼자서라도 여행을 가겠다는 엄마 말을 들었다. 계 모임에서 2박 3일 여행을 계획했는데 그나마 여자들만 가는 거라 덜 미안해하신 눈치였다. 큰 가방에 옷가지와 먹을거리를 챙기는 엄마의 모습은 나이를 무색하게 했다. 안 가도 회비를 돌려주지 않기에 꼭 가야 한다는 걸 강조했다. 옆에 계신 아버지가 또 가지 말라고 하셨지만 엄마는 여행을 떠났고, 아버지는 텔레비전 뉴스의 사건·사고 소식에 유난히 귀를 기울이셨다고 했다.

그 뒤 우리는 친정에 모이면 엄마를 모시고 멀지 않은 곳에 다녀오곤 했다. 그 고장의 별미 식당을 찾아 함께 밥도 먹었다. 엄마는 소녀처럼 신기해하고 즐거워하셨다. 허리가 많이 굽어 오래 걷지 못하고 계단을 이용할 때면 더 힘들어하는 엄마, 더 젊었을 때 모시고 다니지 못한 게 후회됐다. 그래도 현관 구석에 먼지 뒤집어쓰고 있는 지팡이를 직접 쥐여 드리지 않은 건, 엄마의 자존심마저 굽은 허리처럼 만들고 싶지 않아서다. 하지만 이제는 지팡이를 짚고서라도 함께 떠나는 여행을 그려본다. 어느새 주량회갑을 넘긴 두 분이다.

(2011)

졸업

* 오늘이라는 날은 두 번 다시 오지 않는다는 것을 잊지 말라.
- 단테

중학교를 졸업한 남학생 몇이 옷을 벗고 시내를 활보하다가 경찰에게 잡혔다는 뉴스가 있었다. 고등학생이 한 것보다 낫지 않느냐면서 여고를 졸업한 딸이 모호한 표정으로 웃었다.

다음 날 시내에 나갔더니 머리에 밀가루와 달걀을 묻힌 남학생들이 찢어진 옷차림으로 돌아다니고 있었다. '그래, 신나게 즐겨라! 대학교 졸업할 때 그런 행동을 할 수 있겠냐?'라며 눈살을 찌푸리는 사람도 있었지만 나처럼 웃는 사람도 있었다.

성장 과정 일부분이지만 해방감이 먼저였을 것이다. 오로지 대학 입시라는 목표를 위해 숨 가쁘게 공부만 한 학생이 많은 우리나라다. 우리 두 아이가 고등학교 졸업할 때까지 학원에 안 다니고 대학교에 들어갔다고 하면 사람들은 오히려 나를 이상한 표정으로 본다. 내가 더 정상인데 말이다.

언젠가 딸에게 교사가 됐으면 좋겠다고 말했더니 발끈했다. 장래 희망을 '선생님'이라고 대답했던 때는 옛날이다. 요즘 여론조사에서도 교사가 되고 싶다는 아이는 많지 않았다.

딸의 고등학교 졸업식에 갔을 때도 슬퍼하는 학생은 보이지 않았다. 모두 활짝 웃고 있었다. 딸애의 졸업식이 끝난 뒤 교실에 들른 나는 담임선생님에게 일 년 동안 애쓰셨다는 인사를 하고 작은 선물을 건넸다. 그날 처음으로 담임선생님의 얼굴을 뵈었다.

— 제 딸이 잘못했을 때는 회초리로 사정없이 때려도 절대로 아무 소리 않겠습니다.

— 딸아이가 비교적 건강한 편인데, 예전에 중이염을 앓은 적이 있습니다.

— 선생님이 오늘 간식을 사주셨다고 딸애가 아주 좋아하더군요.

가끔 이런 메일을 보내곤 했다. 졸업식 날이라 선생님은 고맙다며 선물을 받으셨다.

졸업 때도 울지 않는 학생들을 보니까 초등학교 졸업식 때 많이 울었던 내 친구 정순이가 생각났다. 초등학교만 의무교육이었던 그때 한 반의 학생은 70여 명이었다. 정순이는 상위권의 성적에 들고도 어려운 집안 사정으로 인해 중학교에 진학할 수 없었다.

웃을 때면 큰 입속의 덧니가 드러났던 정순이가 어느 하루 자기 집에 나를 데리고 간 적이 있었다. 대문도 마당도 없는 초가의 처마에 키가 닿을 것만 같았다. 집 앞에 바로 앞집의 초가지붕이 내려다 보였다. 햇볕이 쏟아지는 마루에 앉았을 때 먹을 만한 것을 주지 못해 안타까워하던 정순이는 방으로 들어가더니 약간의 하얀 설탕을 가져왔다. 부엌에서 처음 본 하얀 색의 조미료가 설탕인 줄 알고 떠먹었다가 뱉어버린 기억이 있을 정도로 설탕은 귀한 먹을거리였다. 친척이 줬다는 그 설탕을 우리는 조금씩 손가락으로 찍어 먹었다. 남동생은 놀러 나갔는지 안 보였고 엄마는 일하러 나가셨다고 했다. 아버지가 안 계시는 그 집은, 비쩍 말라 유난히 튀어나온 그녀의 무릎처럼 황량했다.

졸업식 때 나는 개근상 대표로 앞에 나가 상을 받게 되었다. 많은 사람 앞에만 서면 울렁증이 있는 나였지만 거절할 수도 없었다. 졸업식 하루 전이면 예행연습을 한다. 그날 나는 허름한 7부 코트를 입고 있었다. 아버지가 졸업할 때까지 입으라며 3학년 때 사준 옷이었다. 처음엔 소매를 걷어 입었지만, 졸업 무렵엔 팔목이 드러나 보였다. 닳고 낡은 그 옷의 아랫부분은 실밥이 너덜거릴 정도였다. 내 옷을 본 아이들 몇 명이 뒤에서 '쿡!' 하고 웃음을 터뜨렸다.

'쳇! 상 하나도 못 받은 것들이 웃기는….' 자신을 위로했다.

"정순아! 미숙이와 정희년이 내 옷을 보고 웃지 뭐야?"

어리광 피우듯 정순이에게 말했을 때 정순이는 침울하게 말했다.

"너는 그래도 중학교에 가잖아? 나는 졸업하면 서울로 식모 살러 가야 해."

정순이의 눈이 젖어 있었다. 형편없는 성적을 가진 아이들이 진학하고, 반에서 2, 3등 하는 정순이가 상급학교에 못 간다는 것은 모순이었다. 친구의 손을 잡으며 서울에 가서도 잊지 말고 편지하라고 말했다.

드디어 졸업식 날, 겨울마다 교복처럼 입었던 코트를 벗고 엄마가 떠 준 스웨터를 입었다. 그 스웨터는 삼촌이 안 입은 스웨터를 풀어서 엄마가 잠을 줄이며 짠 옷이다. 그날 내 친구 정순이의 눈은 벌겋게 변해있었다. 시골의 부모들은 농한기인데도 자식들의 졸업식에 참석하지 않은 이가 더 많았다. 우리 부모도 그랬다. 졸업생인 우리는 5학년 후배들이 송사하고 졸업식 노래를 부를 때까지는 옆 아이들과 장난을 쳤다. 그러다가 졸업생 대표가 답사한 다음 '잘 있거라 아우들아 정든 교실아~….' 하는 졸업식 노래 2부를 부르자 여기저기서 흐느꼈다. 우는 아이들을 슬쩍 보니 대개 상급학교 진학을 못 하는 아이들이었다.

중학교에 다니고 있을 때 정순이가 편지를 보냈다. 흰 봉투 겉에는 서울의 동대문구로 적혀있었던 것으로 기억된다. 친구의 글씨체는 반듯했고 한자(漢字)는 나보다 더 많이 알고 있었다. 부끄러웠다. 그렇게 여러 번 편지를 주고받다가 소식이 끊어지고 말았다.

정순이를 잊고 살다가도 졸업이라는 단어만 나오면 그녀가 생각난다. 초등학교 졸업장은 받았지만 배움의 졸업장은 절대로 받지 않았을 내 친구다.

(2010)

수의(壽衣)

*무릇 사람은 달이 차서 태어나지만 달이 차기 전에 죽고 만다.
- 게오르크 짐멜

올해는 윤달이 들어 음력 2월이 두 번이다. 8년 전의 윤달에 시어머니는 수의를 장만하셨다. 윤달에 장만해 두면 오래 산다는 속설이 있지만, 어머니는 미덥지 않은 며느리를 대신해 당신 손으로 모든 준비를 해놓으신 것이다. 올봄에도 어머니는 수의를 꺼내 방충제를 새로 넣으셨다. 수의를 보는 어머니의 눈빛은 죽음을 두려워하는 게 아니라 다정한 친구를 기다리는 것처럼 보였다. 죽음은 곳곳에 깔렸고 나이에 비례해서 오는 것은 아니지만 늙으면 가까이서 느끼는 것은 당연하다. 예고 없이 오는 죽음에 사람들은 속수무책일 수밖에 없다.

어머니도 수의를 만들기 전 어느 해 봄에 반신불수로 몇 달을 지낸 적이 있었다. 해마다 우수와 경칩 무렵이면 어머니는 친구들과 함께 지리산으로 고로쇠 물을 마시러 가셨다. 쓰러지던 그해에도 피아골의 어느 민박집에 머물렀다. 고로쇠 수액을 파는 주인은 많은 물을 마시게 하려고 일부러 음식을 짜게 만들고 방을 뜨겁게 해서 갈증까지 느끼게 한다는 것이다.

새벽녘, 더운 방에서 답답함을 느낀 어머니는 밖으로 나온 후 그만 쓰러지셨다. 집으로 오시는 길에 어머니의 친구들은 어머니를 한의원에 모시고 가 진료를 받게 하셨지만, 어머니의 입은 한쪽으로 돌아가고 몸의 반쪽은 움직이지 못했다. 새벽이면 매일 같이 시장에 나가던 어머니는 하루 내 집에만 계셨다. 꾸준히 한약 세 첩을 드시고 침을 맞으면서 어머니의 몸은 본래 상태로 돌아왔다. 그 뒤에 수의를 장만하신 걸 보면 어머니는 그때 어쩌면 죽음을 생각하셨는지도 모르겠다.

사람이 오래 살려면 갑작스러운 죽음 외에는 아무래도 건강해야 한다는 것은 상식이다. 나이에 비해 건강한 편인 친정아버지는 우리가 세배할 때마다 오래 사시라고 하면, 건강하라는 말로 바꾸라고 하셨다. 아버지는 당신 혼자 몸만을 무척 아끼는 편이다. 술을 즐기면서도 건강에 나쁜 신호가 왔을 때 의사가 금주령을 내리면 어떤 유혹에도 넘어가지 않았다, 미수를 바라보는 지금까지도 한겨울에 냉수마찰을 거르지 않는다. 시어머니와 동갑이면서도 더 늙어 보이는 친정엄마는 당신 몸을 아끼지 않고 살아서인지 등이 많이 굽었고 늘 허리가 아프다고 하신다.

예전엔 당신 몸만 챙기는 아버지가 이기적으로 보여 싫었다. 그러나 중년이 되어 삐걱거리는 내 몸을 보면서, 건강보다 좋은 것이 없다는 걸 알았다. 아프지 않아도 부모님을 모시기 싫어하는 사람이 많은데 아프면 자식들이 싫어할 것은 뻔한 일이다.

나도 어머니의 병구완을 하면서 '긴 병에 효자 없다'라는 말을 떠올린 적이 있었다. 수의를 만지던 어머니는 치매 없이 곱게 갔으면 좋겠다는 말도 하셨다. 문학회원인 두 사람이, 치매에 걸린 시어머니를 몇 달 모시다가 작년에 보냈는데 무척 힘들어한 것을 알고 있다.

고이 죽는 것조차 마음대로 되는 것은 아니다. 내가 치매에 걸려 정신없는 행동을 하면 안락사시켜달라고 가족에게 미리 부탁한 적이 있었다. 치매에 걸린 사람보다도 간병인이 더 힘들어 보여서 그랬을 것이다.

어른들은 오래 살다가 편안한 죽음을 맞은 걸 호상이라고 한다. 우리 할아버지도 주무시듯 편안하게 돌아가셨다. 그 전날 밤 식구들을 불러놓고 내가 며칠 못 살 것 같다며 죽은 뒤의 일을 몇 가지 부탁하셨다. 식구들은, 여태 건강했고 평소와 다름없이 농사일까지 하신 할아버지라 예사로 들었다. 다음날 내가 일어났을 때까지도 할아버지는 누워계셨다. 마당과 대문 밖을 쓸어야 할 시간이었다. 이상히 여겨 조심스럽게 할아버지를 불러 봤지만, 대답이 없었다. 할아버지를 무척 좋아했던 열네 살의 나는 수많은 만장이 펄럭이는 상여를 보며 많이 울었던 기억이 난다.

그때는 모든 사람이 다 죽을 때가 되면 그렇게 자연스럽게 죽는 줄로만 알았다. 그러나 그게 아니었다. 자연스럽게 죽지 못하는 사람이 주위에는 많았다. 매월 한 번씩 있는 동창회 때의 한 친구는, 의식을 잃은 채 산소 호흡기에 의지해 서너 달 동안 병원에 계신 시어머니 때문에 몹시 힘들어했다. 눈은 뜨고 있어도 사람을 알아보지 못하고 병원의 처방으로만 생명을 연장하고 있다는 말을 듣고 나니 우리 할아버지가 참으로 편안하게 돌아가셨다는 것을 알았다.

어머니는 수의를 만지면서 50세도 안 된 나이에 떠나버린 아버님의 사진을 바라보며 '오래 살았다'라고 혼잣말처럼 중얼거렸다.

죽음을 가끔 생각하는 나도 어머니 나이쯤 되면 수의를 마련할지도 모르겠다. 언제 죽을지 모르지만 나도 할아버지처럼 잠자듯이 죽을 수 있으면 좋겠다. 그리고 살아 있는 동안은 삶을 헛되이 보내지 않아야겠다는 다짐도 한다. 주어진 시간이 같다면 그 시간을 잘 활용하는 것만이 인생의 낭비를 줄이는 방법일 것이다. 미카엘 엔더의 소설 '모모'에서처럼 시간을 저축할 수는 없으니까.

8년 동안 장롱 위에 있다가 봄이면 한 번씩 내려지는 거친 수의는 곧 부서질 것처럼 바스락거리지만, 다시 수의를 만들더라도 어머니가 우리와 함께 건강하게 오래 살았으면 하는 바람이다.

이 글을 쓰는 오늘따라 마음이 차분히 가라앉으니 웬일일까.

(2004)

믿음과 불신 사이

*가장 소름 끼치는 불신은 바로 자기 안에 있는 불신이다.

- 토마스 카라일

"엄마! 이거 마실래요?"

학교에서 온 고등학교 3학년인 딸의 손에는 캔 커피 하나가 들려져 있었다.

나는 커피를 좋아하지만, 딸은 아직 즐기지는 않는다. 가끔 커피콩을 갈고 있으면 향이 좋다면서 감탄하거나 내가 마시고 있는 커피를 달라고 해서 한두 모금 마시는 정도다. 딸이 커피를 사지는 않았을 거라는 생각에 어디서 난 거냐고 물었더니 택시 기사가 줬다는 것이다.

'요즘 험한 세상인데 아무거라도 마시면 안 되지.'라는 말이 튀어나올 뻔했다.

딸애는 수험생이다 보니 토요일 외에는 밤 11시가 넘어 집에 온다. 그 시간이면 버스가 자주 오지 않을뿐더러 친구들과 어울려 택시를 타면 버스요금보다 싸다면서 택시를 이용하는 편이다.

"택시에 너 혼자만 탔어?"

딸애가 혼자 탔을 때의 위험성도 떠 올랐다.

그도 그럴 것이 친척 동생 한 명이 예전 고등학교 다닐 때 아침 버스를 놓쳐서 혼자 택시를 타고 학교에 가다가 택시 기사에게 납치당할 뻔한 사건이 있었다. 마침 지나가는 사람에게 발견되어 그 기사는 구속되었다.

팬이 건넨 독극물이 든 캔 음료를 마신 아이돌 그룹의 가수 한 명이 기절했던 2년 전의 사건도 있었다. 택시로 인해 크고 작은 사건이 가끔 있다 보니 여학생 혼자 택시를 타면 위험하다는 생각이 잠재해 있었나 보다.

"아니요. 친구와 둘이 탔어요."

"그 친구에게도 커피를 준 거야?"

"그게 아니고, 아저씨가 '누가 이거 마실래?' 하기에 제가 마신다며 받았어요. 엄마랑 아빠, 커피 좋아하시잖아요?"

"기사 아저씨가 커피를 안 좋아하나 보다."

"아뇨. 일곱 잔이나 마셨대요. 이건 손님이 수고한다며 주고 간 거라고 했어요."

아저씨 인상은 어땠고 나이는 몇 살쯤 돼 보였느냐며 나는 피의자를 심문하는 형사처럼 꼬치꼬치 물었다. 딸은 왜 그런 걸 물어보느냐는 표정으로 잘 모르겠다는 대답을 했다. 딸에게 질문을 던지면서 나는 과연 이것을 마셔야 할지 말아야 할지를 계산하고 있었다. 기사의 마음을 불신했다면 엄청난 잘못을 저지르는 것이다. 예전에 그렇게 오해를 한 일이 있었다.

딸이 초등학교 4학년 무렵 태권도장에 다녔을 때였다.
딸애는 태권도장 차를 운전하는 기사 이야기를 자주 하면서 즐거워했다. 아이들이 차에 오르면 먹을 것을 나눠주기도 하고 농담도 잘한다는 것이었다. 차에 오르는 아이들의 이름을 불러주면서, 학교에서 있었던 일도 물어본다고 했다.
"이거, 아저씨께 드릴 선물이에요."
언젠가 작은 선물을 정성스럽게 포장지에 싸는 딸에게 물었더니 딸은 기사 아저씨의 생일이라고 했다.
'아니. 무슨 생일을 애들에게까지 다 알리는 거야?'
나는 아저씨가 못마땅했다. 초등학생한테까지 생일 선물을 받으려는 얄팍한 수작이라고 단정했다.
"엄마! 오늘 아저씨가 우리 학교에 나를 만나러 왔어. 그리고 맛있는 과자도 사주고 가셨어요."
학교에서 돌아온 아이가 들떠서 이런 말을 하는 순간, 내 속에서 뭔가가 치밀어 오르는 것을 느꼈다. 오만 불길한 생각도 들었다. 성폭행당한 여자 초등학생의 시체가 산속에서 발견됐다는 며칠 전의 뉴스가 떠올랐다.

나는 태권도장의 관장 부인에게 전화를 걸어 그 아저씨에 대한 걸 다 이야기했다. 몇 년간 겪어 보았지만, 그럴 사람이 아니라고 관장 부인은 말하면서 뭔가 오해가 있는 거 같으니 한 번 알아보겠다고 했다.

그날 저녁 관장 부인이 전화했다.

"아저씨가 일단 사과를 드린다고 하더군요. 결혼한 지 꽤 오래됐는데도 아저씨에겐 아이가 없어요. 그래서인지 아이들을 무척 귀여워하더라고요. 생일을 말한 것도 아이들이 하도 묻기에 대답해 줬다고 하네요."

일부러 딸을 만나러 온 게 아니었다. 딸이 다니는 학교 주변에 볼일을 보러 왔다가 갑자기 딸이 생각났고 온 김에 딸에게 뭔가 사주고 싶어 불러냈다고 했다. 평소에 딸애가 잘 따르기도 하고 생일 선물도 받고 해서란다.

관장 부인 말을 듣고 나니 내가 실수했다는 것을 알았다. 호의를 의심으로 받아들인 나 자신이 한심했다. 다시는 아이들에게 장난도 치지 않고, 먹을 것을 사주지도 않아야겠다는 말을 아저씨는 했다는 것이다. 나는 그 아저씨에게 건넬 작은 음료수 한 상자를 사놓았지만 끝내 전하지는 못했다.

행여 그런 오해를 다시 할까 봐 나는 딸을 향해 그 커피를 시원하게 마셔야겠다며 냉장고에 넣어두라고 했다. 믿음이 깨지는 순간 불신이 생긴다. 불신이 오해를 일으키기도 한다. 그렇다고 뭐든지 무조건 믿어버릴 수도 없는 세상이다.

20년 전 나도 어느 탤런트에게 캔 음료를 건넨 적이 있었다. 인현왕후로 출연했던 여자 탤런트가 의류 판매장의 일일 점원으로 왔을 때였다. 몹시 더운 날 시원한 캔 음료를 하나 사서 아무 말 없이 건넸더니 그녀는 활짝 웃으며 고맙다고 말했다. 그 탤런트가 음료수를 마셨는지는 모르겠지만 나는 그 음료를 전할 때 조금의 망설임도 없었다.

"이제 시원해졌어. 마셔도 돼요. 엄마."

냉장고에서 커피를 꺼낸 딸이 한 모금 마시고는 내게 건넸다. 딸에게 커피를 준 기사 아저씨에게 마음속으로나마 미안함을 느끼며 그 커피를 마셨다.

(2010)

삼촌의 구두

새 구두를 신으면 왼쪽 발이 아프다. 어쩌면 오른발보다 크거나
기형일지 모른다. 만들어놓은 구두가 모든 사람의 발에 맞을 수는
없다. 막내 삼촌이라면 내 발에 딱 맞는 구두를 만들어 줄 수 있을
것이다.

삼촌은 구두를 잘 만드셨다. 내가 초등학교에 다닐 때만 해도 기
성화를 파는 곳이 없었다. 안 보였다고 하는 게 맞겠다. 양장점에서
옷을 맞춰 입듯이 구두도 맞춰 신었다. 읍내의 가장 번화한 사거리
부근에 삼촌의 양화점이 있었다.

나는 용돈이 필요하면 양화점으로 갔다. 지금처럼 용돈의 개념이
있지는 않았다. 아버지 역시 용돈을 주신 적이 없었다. 양화점에
가서 삼촌에게 타서 쓰라는 말을 퉁명스럽게 할 뿐이었다.

아버지가 삼촌에게 용돈을 타 쓰라고 당당하게 말한 이유가 있었다. 원래 그 양화점은 아버지 가게였다. 어렸을 적, 식구들이 농사를 지을 때 아버지는 양화점으로 출근하셨다. 퇴근 때면 우리 형제자매는 앞다투어 마당으로 내려서서 잘 다녀오셨냐는 인사를 했다.

아버지는 장남이다. 막내인 삼촌에게는 부모 같은 존재였다. 나이 차이도 있었지만, 삼촌에게 부모 노릇을 하셨다. 삼촌은 이십 대까지도 직업이 없었다. 농사일은 하기 싫어했다. 그런 삼촌에게 세상은 온통 원망의 대상으로 보였을 것이다. 하고 싶은 일이 마음대로 안 되니까 술로 보낸 날이 많았다. 불미스러운 일도 가끔 일으켰다. 그런 삼촌의 치다꺼리를 아버지가 다 해 주셨다. 그러다가 안정된 직업을 갖게 해주려고 구두 만드는 기술을 가르쳐서 양화점을 넘기셨다.

아버지는 양화점을 물려주고 싶지 않았는지도 모른다. 어렵게 배운 기술인 데다 오랫동안 함께 한 직장이었다. 농촌에 살면서도 농사일을 해보지 않은 아버지는 한동안 농사일을 힘들어하셨다. 처음 걱정과 달리 삼촌은 마음을 잡고 양화점 운영에 최선을 다했다. 양화점에서 손을 놓은 아버지는 40년이 넘은 지금도 누구나의 발을 보면 치수를 알아맞힌다. 아버지가 삼촌을 탐탁지 않게 여겨도 삼촌은 아버지의 큰 딸인 나를 유독 예뻐했다. 뒤에 생각해 보니 내가 용돈 때문에 삼촌의 양화점에 들린 것만은 아니었던 것 같다. 그저 삼촌이 좋았다.

남자가 열심히 일하는 모습은 아름답다. 양화점의 넓은 유리창에 비친 삼촌의 모습이 늘 그러했다. 등받이가 없는 의자에 구부정한 모습으로 앉아 구두를 만들고 있는 모습은 진지했다. 무릎에 놓인 가죽 천 위로 삼촌의 땀방울이 떨어질 것만 같았다. 아버지가 저 모습을 봤다면 대견해하지 싶었다. 문을 열고 들어서면 삼촌의 자세가 흐트러질 것 같아 문 앞에서 심호흡한 다음 들어섰다. 삼촌은 웃으면서 빈 의자를 턱으로 가리켰다. 넓지도 않은 가게 안에서는 가죽 냄새가 풍겼지만 싫지 않았다.

삼촌은 손님이 오면 종이 위에 발을 얹으라고 한 다음, 발 모양을 연필로 그려서 재단했다. 삼촌은 나를 보고 어서 빨리 크라고 했다. 세상에서 가장 멋있는 구두를 만들어 준다는 것이다.

나는 뒷굽이 뾰족한 빨간 색의 구두를 상상했다. 성인이 되면 제일 먼저 내 발을 삼촌에게 맡기겠다는 다짐을 했다. 삼촌은 양화점에서 일을 하다가 점심때가 되면 집으로 밥을 먹으러 왔다. 나는 마루에 앉아 삼촌의 밥 먹는 모습을 지켜보곤 했다. 밥을 먹을 때조차 키 큰 삼촌의 등은 구부정했다. 주눅 든 사람처럼 보였지만 믿음직스러웠다. 댓돌에 놓인 삼촌의 구두는 앞부리가 많이 닳아있었다. 구두를 신을 때 구둣주걱을 사용하지 않고 땅에다 앞부리를 찧었기 때문이다.

그 무렵 나는 사람들이 벗어놓은 구두 안쪽을 살피는 버릇이 생겼다. '현대양화점'이라는 글씨가 붙은 붉은 상표를 확인하고 싶어서였다. 학교에서도 그 상표가 붙은 구두를 신고 있는 선생님을 보면 우리 삼촌이 만들었다며 자랑스러워했다. 삼촌은 나와의 약속을 지키지 못했다. 본의 아니게 가족과 함께 고향을 떠나야 했기 때문이다.

삼촌이 연애하던 때가 생각난다. 양화점을 쉬는 날이면 삼촌은 여자 친구를 만나러 읍내에서 조금 걸어야 하는 시골 쪽의 작은 마을로 갔다. 초등학교를 졸업하고 중학교 입학 전까지 나는 삼촌의 심부름을 많이 했다. 삼촌이 써준 편지를 그 여자에게 전했고, 어른들 몰래 삼촌이 기다리는 집 밖으로 여자를 불러내는 일도 했다. 그 여자는 나의 숙모가 됐다.

삼촌이 양화점을 정리한 것은 기성화에 밀려 수제화는 더는 버틸 수가 없었기 때문이다. 가족과 함께 다른 지방으로 이사한 삼촌은 여러 직업을 가졌다. 그러다 육십도 안 된 나이에 지병으로 세상을 뜨고 말았다.

신발이 불편할 때마다 삼촌이 생각난다. 나도 이제 빨갛고 굽이 뾰족한 구두가 어울리지 않는 나이가 됐다.

(2006)

보금자리

> * 당신과 내가 할 가장 중요한 일은 우리의 집 울타리 안에 있을 것이다.
>
> – 해롤드 비 리

제비집은 큰물에도 부서지지 않았는데 사람이 사는 집들은 홍수로 인해 물에 잠기고 더러는 무너지기도 했다.

동네 슬래브 집 처마의 제비집에는 제법 큰 제비들이 보였다. 지난봄에 노란 부리를 내밀고 어미를 기다렸던 새끼 제비들인지 모르겠다.

그 봄, 어시장 안의 높은 천장에 붙은 두꺼운 전선 위에 제비가 흙을 물어다 집을 지었다. 그런데 아래로 떨어지는 배설물을 못마땅하게 여긴 청년이 제비집을 향해 물 호스를 들이댔다고 한다. 집은 묽게 되어 흙물이 약간만 흘러내렸을 뿐 무너지지는 않았다면서 시장에서 장사하는 아주머니들이 그 청년을 범죄자 취급을 했다.

사람들은 빠른 완공을 위하거나 공사비를 아끼려고 부실 공사를 하는 경우가 있다, 제비들은 정성을 다해 단단한 집을 짓는다. 집을 짓기 위해 뭔가를 수없이 물어 나르던 제비를 본 적이 있을 것이다. 진흙과 짚을 사용하는데 단번에 집을 짓는 게 아니라 초벌 흙이 어느 정도 마르면 다시 그 위에 올린다는 글을 읽은 적이 있다. 초가나 기와집이 많았던 옛날에는 주로 처마 밑에 지었는데 요즘은 아파트의 가스 배관 옆이나 전신주 등 생각지도 않은 곳에 짓기도 한다.

사람에게는 하잘것없는 미물의 집으로 보이는 제비집일지라도 제비에게는 꿈이 있는 보금자리다. 집 안에는 귀여운 새끼들이 있다. 노란 주둥이를 밖으로 내민 채 입을 벌려 재잘거리는 새끼 제비들을 본 사람이거나 혹은 자식을 둔 부모라면 어찌 그 제비집을 함부로 부술 수가 있겠는가.

제비집을 향해 물을 뿌린 청년처럼 우리 옆 동네의 낡은 집들을 향해 물을 뿌려가며 부수는 사람들이 있었다. 시에서 길을 내기 위해서였다. 늘 보던 집들이 한두 채씩 무너지더니 전쟁 통의 폭격으로 부서진 집들처럼 주저앉은 걸 보았다. 주민들은 이사한 뒤였다.

그중 이층집 한 채는 이사를 하지 않았다. 사람은 보이지 않았다. 펄럭이는 빨래와 가스통, 장독 등은 그 집을 절대 벗어나지 않겠다는 완고함을 보였다. 밤이면 유리창 밖으로 불빛이 희미하게 새어나왔다. 그 앞을 지날 때마다 그 집식구가 이사했는지 아직 살고 있는지 궁금해 옥상을 살피고는 했다. 물 가운데 떠 있는 외로운 섬 같았던 그 집에 언제부터인가 저녁이 돼도 불빛이 보이지 않았다. 사람 사는 흔적은 있는데 밤이면 캄캄한 걸 보면 전기가 끊어진 게 분명했다.

부서진 집들의 잔해가 치워졌을 때 이층집 옥상에는 이제 아무것도 없었다. 늦게 이사 간 이층집을 보며, 잃고 싶지 않은 집을 본의 아니게 떠나야 하는 집주인의 아픔이 보였다. 타의에 의해 보금자리를 잃게 됐지만, 그곳을 떠나고 싶지 않은 마음은 제비와 다를 바 없었을 거라는 생각이 들었다.

이번 장마의 영향으로 많은 집이 부서지고 물에 잠겼다. 어렸을 때는 불보다 물이 더 무섭다고 말하던 어른들의 말이 무슨 뜻인지 전혀 이해되지 않았다. 불에 타버린 집을 본 적은 있었지만, 물로 인해 낭패를 본 기억은 없기 때문일 것이다. 홍수가 나서 뒷산으로 피난을 간 적은 있었다. 집 뒤쪽에 있는 저수지 물이 넘치면 마을이 물에 잠긴다고 했다. 온 가족이 집을 피해 저수지보다 높은 산으로 올라갔었다. 다행히 저수지는 터지지 않았고 집으로 다시 왔던 기억이 난다.

물과 불은 우리 생활에 없어서는 안 되는 것들이다. 유용하게 사용하면 힘이 되지만 때로는 큰 재앙을 불러오기도 한다. 해마다 물난리를 겪는 사람들을 보고 있으면 한순간에 보금자리를 앗아가 버린 물을 원망하기도 한다. 물이 빠진 뒤 폐허처럼 돼 버린 집터를 찾은 수재민들은 하나라도 건질 물건이 없나 하고 막대기로 뒤지고 있었다. 가족이 둘러앉아 밥을 먹고 잠을 자고 이야기를 하며 텔레비전을 보던 보금자리였다. 다시 튼튼한 새집을 짓는다고 하더라도 가정의 화목함이 없으면 그저 단순한 가옥일 뿐이다. 홍수에 휩쓸려 떠내려간 것들을 어디서 찾는다는 말인가.

　제비집을 향해 물 호스를 들이대던 그 청년을 생각하며 어미 제비는 지금쯤 자녀를 불러 모아 놓고 어떤 추억담을 이야기하고 있는지 모르겠다.

(2008)

아버지의 뒷모습

* 이젠 나도 자라서/ 기운 센 아이/ 아버지를 위해선/ 앞에도 뒤에
도 설 수 있건만/ 아버지는 멀리 산에만 계시네.

- 이원수의 <아버지>

굴을 사기 위해 비대한 몸으로 평탄하지 않은 철로변과 플랫폼을
건너 위태로운 걸음을 하는 아버지, 기차에 앉아 아버지의 뒷모습을
보며 눈물을 훔치는 아들. 중국의 작가 주자청의 <아버지의 뒷모
습>이라는 수필에 그려진 부자의 모습이다.

나도 문득 친정아버지의 뒷모습에 대한 기억이 떠올라 가슴이 저
린다. 방에만 앉아 계시는 아버지의 구부정한 모습은 세상을 거부하
고 있었다. 여든을 앞둔 아버지에게 예전의 모습을 바라는 것은 무
리지만 웅크린 모습은 아버지답지 않았다.

아버지는 키가 작다. 어렸을 때 배를 곯아서 키가 크지 않았다고
하셨다. 발도 작아 나와 같은 250밀리의 신발을 신는다. 그래도 아

버지의 키나 체구가 작다고 생각한 적은 없었다. 작은 거인이란 말의 의미를 알 거 같았다. 장남인 아버지는 할아버지, 할머니를 모시고 살면서 삼촌과 고모들을 결혼시키고 우리 7남매를 키우셨다. 아버지에게 한 번도 매를 맞은 적은 없지만 무서운 분으로 기억된다. 아버지의 날카로운 눈빛 앞에서는 거짓말이나 나쁜 행동을 할 수가 없었다.

아버지는 불의를 못 참는 분이다. 불이익을 당한 적도 많다. 결혼 전에는 친구의 여동생을 희롱한 남자를 때려 구치소에 갔다 오기도 했단다. 동네 사람과도 가끔 시비가 붙곤 했다. 농사를 지을 때도 양심에 어긋나는 행동을 한 사람, 예컨대 가뭄이 들었을 때 자기 논에만 물꼬를 돌려놓는 비양심적인 사람을 보면 참지 못하셨다.

평소에는 말수가 적은 아버지지만 술 한잔 드시고 기분이 좋을 때면 이런 이야기를 무용담처럼 늘어놓았다. 노래도 잘 부르셨다. 노래방에 함께 가면 마이크를 손에서 놓질 않아 자식들의 눈총을 받기도 했다. 어린이들에게는 방을 따로 잡아줬다. 어렸을 때 집에는 축음기가 있었다. 라디오를 가지기 전에 집에 있었던 축음기는 우리 집과는 별로 어울리지 않는다는 생각이 들었다. 그러나 절약형인 아버지가 노래방기기를 선뜻 사들이신 걸 본 뒤에 축음기의 존재를 이해할 수 있었다. 당신 생각대로 밀고 나가는 아버지는 여간해서 남에게 싫은 소리도 않고 굽실거리지도 않고 눈물도 보이지 않았다.

그러던 아버지가 앓기 시작한 것은 작년부터다. 소변을 시원하게 볼 수 없어 화장실을 자주 다녔다고 했다. 병원에서 검진 후 치료를 받았지만 별로 나아진 게 없어 전립선 수술을 받으셨다. 평소에는 비교적 건강한 아버지였다. 하루도 빠지지 않고 칸트처럼 시간 맞춰 산책했으며 한겨울에도 냉수마찰을 거르지 않을 정도였다. 술을 아주 좋아하셨지만, 건강이 나빠 의사가 술을 끊으라고 했을 때는 그날부터 한 모금도 입에 대지 않을 정도로 단호하셨다. 친구들과도 자주 만났고 집에 계실 때는 신문이나 책을 꼭 읽으셨다. 학벌도 별로 없는 아버지가 우리보다 아는 것이 더 많은 것은 평소의 독서 덕분이다.

할아버지, 할머니는 남아를 선호하셨다. 여자애들은 시집가면 그 집 귀신이 될 것이라고 하면서, 대를 잇고 제사를 지내줄 남동생만 귀여워하셨다. 아버지도 역시 그러리라 생각했지만 우리의 생각과는 달리 남녀 차별은 하지 않았다.

수술만 끝나면 아버지는 예전의 모습을 되찾을 줄 알았다. 수술의 경과는 좋았지만 아버지의 마음은 낫지 않았다. 손주들을 귀여워하시던 아버지가 이젠 손자들의 재롱에도 웃지 않으셨다. 우울증까지 겹쳐 표정은 언제나 어두웠다. 식사도 식구들이 둘러앉은 식탁이 아닌, 방에서 혼자 드셨다. 산책도 안 하고, 소일 삼아 키웠던 앙다래밭에도 들르지 않아 잡초만 무성하고 다래도 잘 영글지 않았다. 텃밭에 온갖 유실수도 더 이상 튼실한 열매 맺기를 거절했다.

지난 토요일에 우리 형제의 가족은 친정에 모였다. 아버지의 생일에는 아버지의 건강이 좋지 않아서 늦게야 생일상을 차려 아버지의 생기를 돋우어 드리기 위해서였다. 조금 나아지긴 했지만 예전의 아버지는 결코 아니었다. 화장실 가실 때 말고는 거의 방에만 계셨다. 세상에 등을 돌린 아버지는 창문 밖만 바라보고 계셨다. 창문 밖 감나무에는 아버지가 즐겨 타시던 자전거가 비스듬히 기대어 있다. 주변 산책 외의 동구 밖 외출 때는 꼭 그 자전거를 이용할 정도로 사랑하고 아끼는 삶의 반려자였다. 이제 그 자전거도 비에 맞아 녹이 슬었고, 바퀴는 바람이 빠져 허탈감에 젖어 있는 아버지 모습 같았다. 창문 쪽을 바라보고 있지만, 아버지의 눈은 매직아이를 볼 때처럼 초점이 흐렸다. 할 수만 있다면 세상과 당당하게 맞서라고 하면서 아버지의 굽은 등을 돌려놓고 싶었다. 그토록 약한 마음으로 주변 사람들의 동정을 구하는 것 같은 나약한 모습은 아버지와는 전혀 어울리지 않는다는 말도 함께 하고 싶었다.

집으로 돌아오는 차에 오르면서 아버지의 배웅을 받고 싶다고 생각했다.

하얗게 센 머리카락에 등이 굽은 아버지가 우리가 탄 차를 향해 느리게 걸어오면서 "어여 가"라며 손사래를 치는 아버지 모습은 그저 차창 밖의 환상이었다. 닫힌 문을 열고 밖으로 걸어나 오는 모습이 현실이 되기를 빌었다.

(2006)

벽

*희망을 품지 않은 자는 절망도 할 수 없다.

- 조지 버나드 쇼

화단 옆에 놓아둔 쓰레기통에서 달그락거리는 소리가 났다. 조심스럽게 쓰레기통 속을 보니 생쥐 한 마리가 빠져 있다. 옆에 있는 물건을 밟고 들어갔지만, 쓰레기통 벽이 미끄럽고 높아 밖으로 나오지 못했다. 미끄럽지 않으면 오를 수는 있을 것이다. 벽을 뚫을 힘이 없거나 스파이더맨처럼 벽을 기어오를 수 없다면 시간은 생쥐에게 죽음을 안겨줄 것이다.

삶에서 죽음으로 바뀌는 시간은 짧지만 죽음에 대한 공포는 길수도 있다. 벽 하나 사이에 삶과 죽음이 공존한다. 생쥐의 공포를 알 수 없지만, 닫힌 자동차 문 안에서 죽음의 공포를 느낀 적이 있었다. 자동차 밖에 죽음이 기다리고 있다면 차 문은 삶과 죽음의 경계선이다.

3년 전 추석 때 태풍 '매미'는 불청객이었다. 그때 나는 남편과 함께 친정에 있다가 집으로 급히 돌아와야 했다. 집에 물이 조금씩 차고 있다는 식구들의 전화를 받았다. 친정에 차려진 저녁밥을 먹지 못하고 일어섰다.

단독 주택인 우리 집은 낮은 지대에 있다. 폭우 후, 만조가 되어 바닷물이 역류하면 집이 물에 잠기기도 한다. 집을 수리하기 전에 그런 경우를 당해 재래식 부엌에서 물을 퍼낸 적도 있었다.

시내로 들어오는데 전기가 끊겨 사방이 캄캄했다. 귀향하는 차들은 여느 때처럼 속력을 내지 못했다. 곳곳에 물이 차서 교통이 통제된 곳도 있었다. 물에 빠진 차를 그냥 두고 차에서 빠져나오는 사람도 보았다. 그 사람은 차 문을 장애물로 여긴 것이다. 어머니의 품이 아이를 위험으로부터 보호하는 동시에 세상으로부터 격리할 수 있다고 라캉은 말했다.

벽 역시 그렇게 양면성을 지녔다. 외부로부터의 위험을 막아줄 때는 보호막이지만, 밖으로의 탈출을 가로막을 때는 장애물일 수밖에 없다. 담은 뛰어넘기를 할 수 있지만 문이 없는 벽이라면 탈출구는 없다.

길 가운데는 뽑힌 나무와 떨어진 간판, 스티로폼 조각이 떠다녔다. 마치 전쟁이 끝난 뒤의 폐허가 된 도시 같았다. 비는 계속 내려 와이퍼의 부지런한 작동에도 앞이 잘 보이지 않았다. 어느 길로 가야 할지 몰라 차들은 갈팡질팡했다.

마음이 급한 남편이 어느 한 길을 택해 앞장섰다. 우리 차 뒤로 그간 망설였던 차들이 따라오는 게 보였다. 익숙하지 않은 길로 들어선 시각장애인의 기분처럼 암담했다. 절체절명의 위기였다.

집에 도착하기 전에 목숨을 잃을 것 같은 두려움이 엄습했다. 죽음이 나이 순서대로 오는 것은 아니지만, 평균 수명까지는 아직 멀었음에 죽는다는 게 억울했다. 그러다가 짧은 생을 마친 동생을 떠올리니 살 만큼 살았다는 생각도 들었다. 동생에게 죽음의 벽은 너무 얇았다. 호스피스 병동은 치료해주는 곳이 아니라 보내는 곳이다. 이 병동으로 옮겨졌을 때는 이미 삶과 죽음의 경계선인 벽은 허물어지고 없었다. 삶과 죽음의 경계선 앞에서 삶을 포기해도 괜찮겠다고 생각하니 죽음이 두렵지 않았다.

생명이 있는 모든 것은 시한부일 수밖에 없다. 죽음의 공포를 느끼는 시간도 찰나다. 사람들이 가장 크게 느끼는 공포가 다가올 죽음이지 싶다.

지난봄 일본에서 발생한 지진 여파로 부산, 경남 지역은 물론 이곳까지도 지진이 감지됐다. 많은 사람이 불안에 떨었다. 죽음에 대한 공포 때문이다. 아직도 긴 삶이 남았다고 생각하는 사람들이다. 죽을 날이 내일인 사람이라고 해서 죽음의 공포를 느끼지 않겠는가. 사형장으로 끌려가던 사형수가 발을 헛디뎌 넘어졌다가 일어나면서 '하마터면 죽을 뻔했네.' 하고 말했다는 일화도 있다.

차 밖에 죽음이 도사리고 있을 때 처음엔 두려웠다. 짧지 않은 삶을 살았다는 생각이 든 후로 담담해졌다. 힘들 때마다 벽이 돼주는 남편에 대한 믿음이 생겼을 때는 안심이 됐다.

  시한부라는 것은 알지만 죽을 날을 모르는 사람들은 유서 쓰기를 꺼린다. 삶의 보호막이 튼튼한 줄만 안다. 아니 그렇게 믿고 싶은 것이다.

(2006)

모정

*제일 안전한 피난처는 어머니의 품속이다

- 풀로리앙

한동안 안 보이던 여자가 어느 날 갓난애를 업고 시장으로 가는 건널목 앞에 서 있었다. 여자는 한눈으로 봐도 정상은 아니다. 비쩍 마른 몸에 새까만 얼굴과 헝클어진 머리, 계절에 맞지 않은 옷차림을 하고 혼자 중얼거렸다. 신호등이 바뀌어도 건너지 않았다. 팔짱을 끼고는 한 자리에서 꼼짝도 안 하고 서 있다가 지나가는 사람에게 적의를 드러내기도 했다. 그 여자가 나타났을 때야 한동안 보이지 않았다는 것을 알 수 있었다. 오십 대 후반으로 보이는 여자에게 아이가 있다는 것은 호기심을 불러일으켰다. 친자식인지 알 길은 없었으나 아이에게 보이는 행동은 여느 부모와 다름없었다. 고개를 돌려 아이를 바라보는 여자는 평온하고 행복해 보였다. 업힌 아이의 엉덩이를 본능처럼 토닥토닥 두드리며 달래기도 했다.

7, 8년 전쯤에도 이와 비슷한 여자가 있었다. 어시장 부근을 중얼

거리며 빠른 걸음으로 다니던 아가씨였다. 20대로밖에 안 보이는 여자는 키가 크고 꾸미지도 않았는데 예뻤다. 그녀를 본 주위 사람은 어쩌다 저 지경이 됐을까 하는 안타까움으로 혀를 차기도 했다.

그런데 꽤 오랫동안 안 보이던 아가씨를 우연히 본 곳은 여객선 터미널 화단가에서였다. 그녀 곁에는 두 명의 아이가 있었다. 큰 애는 대여섯 살로 보이는 여자애였고 한 명은 포대기에 싸인 아이였다. 그녀는 안고 있던 아이를 화단 옆에 눕히더니 여자애에게 뭐라고 말을 했다. '아기를 잘 보고 있어. 아이에게 무슨 일이라도 생기면 혼날 줄 알아' 하는 표정이었다. 나는 그 자리를 떠날 수 없었다. 호기심은 뒷전이었고 화단가의 잠든 아이가 깨어난 후의 일이 걱정됐다.

잠시 뒤 여자는 화장실에 다녀온 듯, 바지의 지퍼를 올리면서 나왔다. 아이의 안부가 걱정된 행동으로 보였다. 아이들이 그 자리에 있는 걸 본 그녀는 안도의 표정을 지으며 아이를 꼭 안았다.

지난 추석 때 친정에 갔을 때 친정엄마도 내가 예뻤다고 했다. 엄마와 내가 함께 가면, '저렇게 예쁜 딸을 당신이 낳았느냐?'고 물어본 사람도 있었다는 것이다. 피식 웃음이 나왔다. 엄마 눈에나 예쁘게 보일 딸이다. 부잣집 맏며느릿감이라는 소리는 들었지만 예쁘다는 소리는 별로 듣지 못했다. 언젠가 엄마는 "네 눈은 영리하게 생겼어."라고 하셨다. 외꺼풀의 작은 눈에 콤플렉스가 있는 나는 그 말을 믿고 살았다. 나도 딸이 어렸을 때 함께 가면 친딸이 맞느냐고 묻는 사람이 있었다.

요즘 들어 세상이 각박해서인지 경제가 어려워서인지 자녀를 구타하는 뉴스가 종종 나온다. 미친 여자가 아이를 품에 안고 어르거나 자장가를 불러줄 때면, 부모에게 구타당해 온몸에 상처가 있는 아이와 자식 버리고 도망간 부모를 생각한다. 당사자에게는 그럴 만한 사정이 있었겠지만, 어떤 경우에라도 자식을 두고 간 엄마는 이해할 수 없다.

우리나라 사람처럼 자식에 대해 애틋함을 간직하고 사는 나라가 얼마나 많을까. 성인이 되어도 품 안에서 떼어놓지 못하고 자나 깨나 걱정이다. 서양에서는 어릴 때부터 자립심을 키우기 위해 따로 잠자리를 준비해주는데 우리는 어느 정도 말귀를 알아들을 때야 떼어놓는다. 혈연관계로 맺어진 사이라며 핏줄을 따지는 우리나라 사람이다. 그런데 언제부턴가 그런 게 무너지고 있다.

여러 어머니의 일화가 떠오른다. 세계 만화 애니메이션의 역사를 다시 쓰게 한 일본인의 우상인 '데츠카 오사모', 그는 동경에 가서 만화를 그리고도 싶었고 사는 곳에 남아서 의사도 되고 싶었다.

"네가 진정으로 원하는 게 어떤 것이냐?"

만화를 그리는 것보다는 의사라는 직업이 더 희망적이었지만 그의 어머니는 아들에게 진정으로 원하는 걸 하라고 했다. 아들의 선택을 존중하고 믿어준 것이다.

사임당은 가정적으로는 행복하지 못했지만 아들인 '율곡'을 조선 최고의 학자로 길렀다. 윤동주 어머니의 뒤늦은 통곡은 심금을 울린다. 시도 잘 썼지만 착하고 친구들을 배려할 줄 알았던 윤동주는 일본의 감옥에서 생체실험 대상이 되어 해방되던 해에 해방을 못 보고 젊은 나이에 죽었다. 아들의 사망 소식을 들었을 때도 동주의 어머니는 눈물 한 방울 흘리지 않았다. 아들의 유해가 온 뒤에도 모든 걸 손수 주관하면서 장례 준비와 큰일을 치러냈다. 어른을 모시고 사는 큰집 며느리로서 해야 할 처신이었다. 그런 그녀가 통곡한 것은, 장례가 끝난 뒤 집안의 빨랫거리 사이에서 나온 아들의 흰 셔츠를 본 뒤였다.

고리키의 소설 〈어머니〉에서는 평범한 어머니가, 노동운동을 하다 구속된 아들을 통해 투사로 변모해가는 과정을 그렸다. 하나님은 모든 곳에 있기 힘들어 어머니를 창조했다고 말한 사람은 '칼릴 지브란'이다. 끝으로 소설가 최인호 씨가 평범했던 어머니를 그리워하며 쓴 글을 옮겨본다.

"이 세상에 어머니 역할을 하는 배우로 오셔서 한평생 고된 연기를 하시다 '육신'이라는 옷을 벗어두고 무대에서 내려가 한 여인으로 돌아가셨다."

(2009)

목걸이

* 미래의 의사는 환자에게 약을 주기보다 환자가 자신의 체질과
음식, 질병의 원인과 예방에 관심을 갖도록 할 것이다.

　　　　　　　　　　　　　　　　　　　 - 토마스 A. 에디슨

아무리 다정한 고부간이라고 해도 갈등은 있게 마련이다.

평소의 나는 시어머니와 비교적 잘 지내는 편이다. 어머니가 배
가 아프다고 했을 때 "어머니! 배 아파요?" 하면 "배가 앞에 있지,
뒤에 있냐?"라고 농담을 하실 정도다. 어느 때는 어머니가 싫은 소
리를 하면 대꾸할 때도 있다. 예전에는 어떤 말에도 대꾸를 전혀
하지 않았는데 요즘은 가끔 내 의견을 말한다. 내 나이가 들어선
자 아니면 20여 년을 함께 사는 동안 대꾸를 안 했다는 게 약간은
억울해서인지는 모르겠다.

"어머니! 대꾸하는 며느리가 오래 산대요. 대꾸를 안 하고 가슴에
담아 두면 스트레스받아 병이 생긴다잖아요? 제가 병이 생겨 드러

누우면 좋겠어요?"

고물 떨어질까 봐 말이 끝나자마자 대꾸하느냐고 묻는 어머니에게 이런 대답을 한다. 뚫린 입이라고 말은 잘한다며 어머니는 어이없는 표정을 하신다. 게을러서 집 안을 깨끗이 하지 않는 나를 대신해 어머니는 많은 일을 하신다. 내 잘못을 나무라긴 해도 뒤끝이 없는 성격이라 금세 잊어버리는 편이다. 그러다 보니 꾸중을 듣긴 해도 기분 나쁘게는 생각하지 않는다.

하지만 다른 사람이 있는 데서 나무랐을 때는 섭섭했다.

지난 추석 때 어머니는 손아래 동서가 있는 데서 큰 소리로 꾸짖었다. 식구가 많이 모이는 명절인데 고사리나물을 적게 만들었다는 이유였다.

"그렇게 살림하면 평생 빌어먹고 살 수밖에 없는 거야. 장손의 며느리면 손도 좀 커야지."

동서 앞이라 자존심이 상했다. 마음 같아서는 '다른 음식도 많은데 누가 고사리만 먹겠어요? 그리고 아버님은 고사리가 몸에 안 좋다고 잡숫지도 않았다면서요?' 하고 대꾸하고 싶었지만 참았다. 어떤 잘못을 저질렀다고 해도 부모다. 내가 실수했을 때 그걸 꼬치꼬치 따지는 고등학생인 딸을 대했을 때의 암담함이 생각났다. 배신감이기도 했다.

화끈거리는 얼굴에 눈물이 핑 돌았지만 태연한 척했다. 조금 지나면 꾸중했던 일을 잊고 마는 어머니긴 하지만 섭섭하긴 마찬가지였다. 이번에 동서가 용돈도 주고 옷도 사 왔다고 어머니는 말씀하셨다. 사업을 하던 동서는 4년 전에 부도를 냈다. 시동생은 아내의 보증을 서서 월급 일부를 압류당하는 형편이기도 했다. 어렵게 장만한 강남의 아파트도 팔아야 했다. 그들보다 더 애를 태운 사람은 어머니였다. 바늘구멍만 한 희망도 보이지 않을 거란 생각에 어머니는 혼자 가기 뭐 하다며 나를 데리고 동네에 있는 무속인을 찾기까지 했다. 한때는 시동생이 극단적인 행동까지 생각했다며 무속인은 아이 목소리로 말했다. 벼랑 끝에 몰린 그들이 마음을 다잡았고, 동서는 다시 월급을 받고 직장에 다니고 있다. 부도난 뒤 늘 허덕이는 생활을 하던 동서가 선물을 하니, 어머니는 그들이 대견했을 테고 또 선물 자랑을 하고 싶은 마음마저 있었을 것이다. 나는 어머니와 함께 산다는 이유로 명절 때는 선물을 생략한다. 그래서인지 어머니의 꾸지람에 잘못을 들킨 것처럼 뜨끔했다.

차례를 지내고 산소에 다녀와서 남편과 함께 친정에 가기 위해 차에 올랐을 때 남편의 휴대전화 벨이 울렸다. 어머니는 그때까지도 내 휴대전화 번호는 외우지 못하셨다. 출발하지 말고 잠시 기다리라는 전화였다. 또 무슨 잘못을 해놓고 나왔는가 하고 기억을 더듬고 있을 때 시누이가 헐레벌떡 뛰어왔다. 시누이 손에는 어머니의 목걸이가 들려 있었다. 옥으로 된 그 목걸이는 어머니가 아끼는 것으로 늘 목에 걸고 다니는 것이다.

"이거 목에 걸고 가면 멀미를 하지 않는다며 엄마가 주셨어요."

시누이 그 말에 아까 어머니께 섭섭했던 마음이 조금 풀렸다.

나는 차멀미를 심하게 한다. 초등학교 시절 시골의 고모 집에 놀러 가면서 시내버스를 처음으로 탔다. 울퉁불퉁한 자갈길이라 버스가 튀어 올랐다. 장날인지 승객이 많은 데다 한참 더울 때라 숨이 막힐 지경이었다. 그날 처음으로 차멀미를 했다. 차에서 내리자마자 참았던 토악질을 했다. 고통스러웠다. 그 후로 차에 오를 생각만으로도 속이 울렁거렸다. 웬만한 길은 걸어 다니는 게 편했다. 차를 타기 전이면 비닐봉지를 먼저 챙기는 게 습관이 됐다.

나처럼 멀미가 심한 친구분이 이 목걸이와 똑같은 것을 하고 난 뒤에 멀미하지 않았다고 언젠가 어머니가 말씀하신 적이 있었다. 원래 액세서리를 잘 하지 않지만, 어머니의 마음을 저버릴 수 없어 목에 걸었다. 어찌나 무거운지 고개가 앞으로 꺾일 것만 같았다. 멀미에는 별 효과가 없었다. 친정에서 돌아와 어머니께 목걸이를 드리니 멀미했는지 물어보신다. 거의 하지 않았다고 대답했더니 거봐라 하시며 다음에 하나 사주신다고 한다.

(2013)

매혈기(賣血記)

허삼관은 피를 팔았고, 나는 카메라를 저당 잡혔다. 손에 돈을 쥘 수 있는 선택이었다. 허삼관의 행위는 수혈이 아니었다. 언젠가 남편이 헌혈증서를 들고 왔다. 이 증서가 있으면 여러 혜택을 볼 수 있다며 잘 간직하라고 했다. 고등학생인 딸이 헌혈하고 온 이유는 이러했다. 헌혈하지 않아 불이익을 당하면 너무 억울하지 않겠냐는 것이다. 실력이 우수한 우리나라 학생이 미국의 명문대학교에 불합격된 이유를 딸은 설명했다. 대학교 측에서 그 학생에게 헌혈 여부를 물었을 때, 학생은 한 번도 하지 않았다고 대답했다. 학생들의 봉사 정신을 높이 사는 학교여서 실력도 중요하지만, 사람의 됨됨이를 먼저 본다는 것이다.

매혈할 수밖에 없는 남자의 이야기를 그린 중국 작가 '위화'의 〈허삼관 매혈기〉가 있다. '인생은 고달픈 언덕을 넘는 것과 같다.'라고 노동자인 '허삼관'은 말한다. 문화대혁명의 시기라 다들 살기 곤란할 때, 가진 것 없는 그가 돈을 마련할 수 있는 길은 피를 파는 일이었다. 결혼지참금을 마련하고 가족에게 맛있는 음식을 먹이고 아들의 치료비를 마련하기 위해 끊임없이 혈두에게 피를 팔았다.

피를 팔러 가기 전 그들은 소금을 억지로 많이 먹었다. 입춘 무렵 고로쇠 물을 많이 마시기 위해, 산장에 방 한 칸을 얻어놓고 짠 음식을 일부러 먹는 모습과는 다르다. 물을 많이 마시면 피의 양도 늘어날 거라는 생각에 이를 부딪쳐가며 차가운 강물을 마시는 이들을 보면 어리석게 보이다가도 눈물겹다.

병원에서 일하는 혈두는 배부른 권력층을 대표하고 있다. 매혈하는 사람이 많을수록 혈두의 몫은 많아진다. 혈두를 미워하지만, 피를 파는 사람들은 불이익을 당할까 봐 그를 멀리할 수가 없다. 공장에서 번 돈은 땀 흘려 번 돈이고, 피를 판 돈은 그야말로 피 흘려 번 돈이라고 허삼관은 말한다. 이 피 흘려 번 돈을 함부로 써버릴 수는 없다고, 큰일에 써야 한다고 말하지만, 그에게 '큰일'이라는 것은 결국 가정을 위할 때뿐이었다.

세월이 흘러 가정이 안정됐을 때 허삼관은 마지막으로 한 번 더 피를 팔러 가기로 한다. 가족이 아닌, 오직 자신만을 위해 돼지 간볶음과 황주를 느긋하게 먹기 위해서다. 그러나 이제 노인 피는 죽은 피라며 사지 않겠다는 것이다.

"내 피는 아무도 안 산다는 거야. 앞으로 집에 무슨 일이 생기면 어떻게 하지?"

평생 가족을 위해 급할 때마다 피를 판 그였다. 한 번 팔면 석 달은 쉬어야 했는데, 그는 사흘이나 닷새 만에도 피를 뽑았다. 그에게 피는 돈이었고 힘이었다.

예전에 전당포에 맡겼던 내 카메라도 이제는 없다. 70년대 후반 직장생활을 할 때 중고 카메라를 하나 샀다. 나는 그때 사진 찍는 재미에 푹 빠져 휴일이면 카메라를 들고 여기저기 마구 찍으러 다녔다. 사진에 빠진 이유가 있었다. 고등학교 시절 〈여학생〉이라는 잡지가 있었다. 그 책의 독자란에 내가 보낸 사진이 실린 것이다. 여고 때의 소풍날이면 동네 카메라 대여점에서 카메라를 빌려 반 친구들의 사진을 찍었다. 한 컷에 여러 명의 친구가 찍히면 각자에게 사진 값을 받았기에 필름 값을 빼고도 수입이 쏠쏠했다. 소풍 다녀온 뒤에 필름 남은 게 있어 2층 탁구장에서 시장 풍경을 찍어 그 잡지에 보냈더니 사진이 실렸다.

사진은 사물을 그대로 비춰주는 거울이다. 뷰파인더 안의 피사체를 보면 가슴이 떨렸다. 직사각형의 틀 안에 풍경을 가두어서 살펴보는 심미안도 필요하다. 사진관에 필름을 맡긴 다음 사진을 찾으러 갈 때면 선물 포장지를 뜯는 느낌이 든다. 자취하면서 사진 찍는 취미에 빠진 나는 휴일이면 사진 찍기 위해 야외로 나가기도 했다. 그러다 생활비가 떨어졌을 때, 월급 때까지 기다릴 수 없어 카메라

를 들고 전당포를 찾았다. 처음 가보는 전당포 대문을 내 집 들어가
듯 당당하게 들어갈 수가 없었다. 사람이 지나가는 기척이 들리면
얼른 길을 가는 척하다가 다시 돌아와서 주위를 살피곤 했다. 주위
에 사람이 보이지 않는 틈을 타서 재빨리 전당포로 들어섰다. 방
한 칸의 네모난 작은 창에는 쇠창살 칸막이가 되어 있었다. 소설
〈죄와 벌〉에 나오는 노파가 있을 것만 같은 으슥한 곳이었다. 그
안에서 늙수그레한 아저씨가 나와서 카메라를 보더니 얼마를 줄 수
있겠다고 말했다.

"그거밖에 안 줘요?"

생각보다 적어 불만스럽게 말했더니 아저씨는 우리도 땅 파먹고
장사하는 거 아니라고 하셨다. 한 달에 한 번 이자를 갚지 않으면
카메라를 돌려줄 수 없다는 아저씨의 말을 뒤로 하고 전당포를 나섰
다. 대문을 나서며 주위를 한 번 살피고는 발걸음을 빨리해서 그곳
을 벗어났다. 한국 전쟁 뒤의 어려운 시절에 우리나라에도 피를 파
는 사람들이 있었다고 한다. 그러다 1975년에 매혈 금지법이 생겼
다. 피를 파는 게 불법이란 걸 몰랐다고 해도 나는 피를 팔 자신은
없었다.

요즘 헌혈인구가 줄어들어 수혈용 혈액 재고가 부족하다는 신문
기사를 읽었다. 혈액 안정성을 높이기 위해 헌혈할 때 신분증을 제
시하도록 하는 헌혈 실명제를 도입하고, 헌혈 금지 약물 수를 늘렸
기 때문이라고 했다. 에이즈 양성 판정을 받은 혈액과 간염 감염이

의심되는 혈액이 유통되는 등 각종 수혈 사고가 발생하자 정부는 헌혈 부적격 기준을 대폭 강화한 것이다. 여러 가지 병으로 인해 함부로 수혈을 못 하는 시대에 우리는 살고 있다.

요즘은 전당포라는 곳도 어쩌다가 눈에 띌 뿐이다. 전당포가 아니더라도 세상엔 돈이 남아도는지 여기저기서 대출받으라는 문자와 메일이 자주 온다. 예전에 가슴 졸이며 전당포로 들어섰던 그 시절은 이제 내 추억 속에서만 존재하나 보다.

(2013)

chapter

4

＊

비
손

살다 보면 아무라도 붙잡고 속의 말을 하고 싶을 때가 있다. 누구는 하나님을 찾고 누구는 부처를 찾는다. 무속인을 찾기도 한다. 가슴에 담은 말을 하지 못하면 염원이 된다. 막다른 골목까지 왔는데 내 말을 들어줄 대상이 없다면 허공에 대고 하소연할 수도 있다. 우리가 비는 대상들의 대부분은 현실의 사람은 아니다. 원하는 대답을 직접 들을 수가 없다는 뜻이기도 하다. 사람과 혼령 사이의 언어 배달꾼인 무속인 역시 누구의 염원을 위해 중간에서 비손하고 있음이 분명하다.

　－본문 중에서

이런 친구

＊내 친구는 완벽하지 않다. 나도 마찬가지다. 그래서 우리는 너무
잘 맞는다   - 알렉산더 포프

그녀를 만난 지도 10년이 넘었다. 그녀와의 인연은 책으로 맺어
졌다. 길을 걷다 보면 여러 종류의 생활정보지가 꽂힌 가판대를 볼
수 있다. 평소에는 그냥 지나쳐버리는 생활정보지를 그날은 습관처
럼 집어 들었다. 방 구할 일도, 직업을 구할 일도 없어서 하릴없이
뒤적거리는데 '책을 바꾸어 보고 싶다.'라는 작은 글귀가 눈에 들어
왔다. 광고가 있거나 전세를 놓는다거나 또는 사람을 구한다는 기사
를 본 적은 있었지만, 책을 바꿔 보자는 글은 처음이었다. 책을 꽤
많이 가지고 있을 것이고 책을 좋아하는 사람이라는 느낌이 왔다.
  동네 책 대여점에는 읽고 싶은 책이 별로 없다. 만화와 번역서가
대부분이다. 작품성 있는 책은 독자들이 거의 찾지 않기 때문에 갖
다 놓지 않는다고 주인은 말했다. 시립도서관에는 차를 타고 가야
하는 번거로움이 있고 빌려주는 수량이 한정돼 있었다. 그렇다고

원하는 책을 다 사서 볼 수 있는 형편은 아니다.

　우리 집에도 꽤 많은 책이 있었고 나 역시 책 읽기를 즐기는 터라 곧장 전화했다. 젊은 목소리는 아닌 듯했는데 여자는 미혼이라고 했다. 첫 통화였는데도 우리는 며칠 전에 헤어진 친구처럼 마음이 통해 책에 대해 많은 이야기를 나누었다. 그러다 책을 어떤 방법으로 바꿔 보면 좋겠냐고 물었더니 그녀의 동생을 보내겠다고 했다.

　다음 날, 책 몇 권을 들고 그녀의 동생과 만나기로 한 공중전화 부스 옆으로 갔다. 어깨 정도 내려온 생머리를 가진 아가씨가 기다리고 있었다. 언니가 외출을 꺼리느냐고 물었더니 몸이 불편하다는 대답을 했다. 감기·몸살일 것으로 생각했다. 그다음 주에도 그녀의 동생과 책을 교환했다.

　세 번째로 연락이 닿은 날, 그녀는 동생이 집에 없으니 집으로 오면 어떻겠느냐고 물었다. 책이 빨리 읽고 싶은 나는 바로 가겠다고 했다. 차를 타기에도 어중간한 곳이라 걸어가기로 했다. 한여름 낮의 내리꽂히는 햇살 아래 땀이 줄줄 흘렀다.

　그녀 집은 높은 지대에 있는 2층이었다. 문패를 확인하고 벨을 누르니 기다렸다는 듯 여섯 살배기 사내아이가 나왔다. 아이는 내게 고모는 방에 있다고 말했다. 첫 대면이라 그녀가 나올 것으로 기대했던 나는 당황했다. 나라면 대문 앞까지 마중을 나갔으리라. 사내아이를 따라 계단을 오르며 대문까지 나오지 않는 그녀에게 섭섭한 마음조차 들었다. 그러나 응접실을 지나 방으로 들어선 순간 나는 놀라움을 삼켜야 했다. 침대에 앉아 있는 그녀의 하반신은 이불 속에서도 너무 빈약했다.

"오라고 해서 미안해요. 제 몸이 이래서…."

그녀는 아이만큼 가느다란 이불 안의 다리를 어루만지며 머쓱한 표정으로 말했다.

"어쩌다…."

부끄러움을 들켜버린 아이처럼 말을 흐렸다. 전화상의 목소리만으로는 장애가 있는 사람이라는 생각을 못 했기 때문이다. 침대 옆에는 주인의 명령을 기다리는 듯 휠체어가 놓여있었다. 처음에 방으로 들어섰을 때의 퀴퀴한 냄새를 이해할 수 있었다. 그녀를 똑바로 바라볼 수가 없어 고개를 옆으로 돌렸다. 책꽂이에는 제법 많은 책이 꽂혀있었다. 그 옆 벽에는 발레복을 입은 여고생의 큰 사진이 걸려있었다. 양손을 펼치고 비상하려는 듯한 자세였다. 그녀였다. 천장을 보며 눈을 껌벅이는데 그녀는 수줍게 웃으며 이야기했다. 스무 살 무렵 택시에 손님으로 앉아 있다가 교통사고를 당했다는 것이다.

병원에 입원해 있을 때 그녀는 한순간에 장애인이 돼 버린 사실을 믿을 수가 없다고 했다. 물어보지는 않았지만, 그녀는 한때 무용가가 되고 싶었을지도 모른다. 어느 날 갑자기 다리를 못 쓴다는 사실을 그녀는 현실로 받아들일 수가 없었다고 했다. 병원 침대에 누워서 할 수 있는 게 책 읽기였단다. 처음엔 시간을 보내기 위해 책을 읽었지만, 계속 읽으니 책이 좋아졌다고 했다. 비록 다리는 불편해도 손으로 책을 들고 눈으로 읽을 수 있어 다행이라고 했다. 책이 없었다면 긴 시간을 보내기가 힘들었을 것이라는 말도 했다.

우리는 지금도 가끔 전화로 책에 관해 이야기를 나눈다. 몇 년 전까지만 해도 구봉산 약수터 가는 길에 가끔 들러 책을 바꿔 왔다. 때로는, 그녀 집 위쪽에 있는 여학교에 다니는 조카에게 책 바꿔 오라는 심부름을 시켰다. 지금 그녀는 다른 동으로 이사를 했다. 지난 7월부터 장애인을 위해 도서관에서 책을 배달해 준다면서 아주 좋아했다. 몸은 불편하지만, 그녀는 잘살아간다. 몇 년 전에 장애인 운전면허까지 땄다. 비록 동작은 느려도 걸을 수 있는 사람과 똑같은 일을 할 수 있다고 했다. 휠체어를 탄 채 부엌에서 요리하는 모습을 본 적이 있었는데 지극히 자연스러웠다.

태어날 때부터 장애인은 많지 않다. 누구나 장애인 후보이다. 작년 여름에 무리하게 걷기를 하다가 발톱이 퍼렇게 멍든 적이 있었다. 주로 슬리퍼를 신었다. 앞 막힌 신발은 불편해서 다리를 절었고, 급할 때는 한쪽 다리로만 뛰었다. 한쪽 다리로도 얼마나 불편한지 양다리를 쓰지 못한 사람의 어려움을 알게 되었다.

그녀의 요즘 걱정은 노안이 와서 책의 활자가 잘 안 보인다는 것이다. 돋보기를 쓰면 눈이 더 나빠질 것 같다며, 책을 조금만 읽을 것인지 돋보기를 쓰고 많이 읽을 것인지 고민 중이라고 했다.

(2008)

비손

집 가까운 곳에 있는 시립도서관 쪽에서 가끔 북소리가 들린다.
바로 옆의 체육관에서도 징 소리가 가끔 들린다. 이사 오기 전의
동네에서 가끔 들었던, 무속인의 굿하는 소리다. 북, 장구, 징, 꽹과
리로 연주하는 사물놀이와 비슷한 악기를 사용하지만 느낌은 다르
다. 사물놀이는 흥겹게 들리지만 굿은 유쾌하지 않고 경이롭다. 점
집이라는 선입견이 먼저 있어서일 것이다.

얼마 전, 이사 오기 전에 35년 살았던 동네 미장원에 염색하러
갔다. 예전에도 그 동네의 모습은 자주 바뀌었다. 내가 가끔 갔던
슈퍼는 나무 공방이 됐고 모퉁이의 작은 빵집은 소주방으로 변했다.
이발소는 갓김치 담가 파는 곳이 됐고 한복집은 작은 카페로 바뀌었
고 목공소는 문을 닫았다. 미장원 옆의 실내마차는 간판을 지우지
않은 채 살림집이 됐다. 새 도로가 생기고 집 모양도 달라졌지만,

점집들은 세월이 비켜 가는 듯했다. 무슨 도사, 무슨 선녀라는 간판과 함께 입구에는 잎이 말라버린 대나무가 꽂혔고 색이 바랜 비치볼도 함께 달려있었다. 예전과 달리 징 소리는 들리지 않았다. 요즘은 시내에서 굿하는 모습을 보기는 쉽지 않다. 외딴곳에 당집이 존재하는 이유다. 징을 두드리며 굿을 하는 무속인도 있고, 북을 두드리는 박수무당과 함께 굿을 하는 무속인도 있다. 여자 무속인 둘이서 하는 굿도 봤다. 화려한 옷을 입고 두 손을 올리며 펄쩍펄쩍 뛰던 드라마 속의 무속인과 달리 두 여자는 편안한 생활 한복을 입고 있었다. 무속인의 징 소리엔 염원이 담겨 있다.

어렸을 적, 부뚜막에 정화수 떠 놓고 비손하는 엄마를 보았다. 새벽에 일어나면 정화수를 갈아주는 일이 엄마의 첫 일이었다. 정화수 앞에서 손을 비비면서 천천히 상체를 기울이는 엄마의 얼굴은 엄숙해서 감히 말을 붙일 수가 없었다. 주위에 존재하는 모든 것이 숨을 죽이고 떠도는 공기조차 잠시 멈춘 듯했다. 엄마에게 그 일은 하나의 의식이었다. 정화수 앞에서 돌아선 엄마에게 뭐 하는 거냐고 조심스럽게 물었더니 조왕신에게 소원을 빈다고 하셨다. 조왕신은 부엌에 숨어 있다가 소원을 비는 사람의 청을 들어주는 신이라고 단정했다. 가마솥 뒤쪽 흙 바람벽 주방의 받침대에 놓인 정화수 증발은 하얀색이었다. 그때는 엄마가 비는 게 어떤 내용이었는지 생각하지 않았다. 아침에 일어나면 하품하는 것처럼 습관의 일부인 줄 알았다.

초가였던 그때는 마루 밑이나 뒷간 바닥에 똬리를 틀고 있는 구렁이를 자주 봤다. 어르신들은 그 뱀이 집안의 터줏대감 혹은 업이라고 하면서 쫓아내면 절대로 안 된다고 하셨다. 업이 나가면 그 집안은 몰락한다는 속설을 믿었을 것이다. 조왕신뿐 아니라 집안 곳곳을 담당하는 신이 있지 않았을까 싶다.

윤흥길의 〈장마〉에는 뱀과 점쟁이와 정화수가 등장한다. 빨치산인 아들을 둔 친할머니는 전쟁터에 나간 아들이 살아있다는 점쟁이의 말을 믿었다. 아니, 믿고 싶었을 것이다. 아들이 돌아온다고 점쟁이가 말한 시간이 지나도 아들은 나타나지 않고 큰 구렁이 한 마리가 나타난다. 할머니는 그만 졸도한다. 외할머니는 나물 몇 가지와 대접에 그득 담긴 냉수를 도리소반에 챙겨 구렁이 앞에 갖다 놓는다. 구렁이가 할머니의 환생한 아들이라고 믿어버린 외할머니는 "이제 모든 근심 내려놓고 좋은 곳으로 가라."고 달랜다. 손을 비비는 장면 묘사는 없었지만 나는 분명 할머니가 상체를 숙이며 빌었을 걸로 생각한다. 이 할머니의 비손 역시 무속인의 굿과 정화수 앞의 엄마와 같은 심정이지 않았을까.

한동안 정화수를 잊고 살았다. 새마을 운동이 한창일 때 초가를 헐고 슬레이트집을 지으면서 엄마의 정화수도 더는 부엌에 오르지 않았던 걸로 기억된다. 현대식 부엌에 정화수가 안 어울렸는지 아니면 더는 정화수가 필요하지 않았는지 모르겠다.

살아있는 대상 앞에서 손을 비비는 경우는 잘못을 빌거나 용서를 바랄 때지만, 보이지 않는 대상에게 손을 비비는 것은 대개 염원이 담겨 있다. 일방적이니 대화가 안 되고, 대답을 들을 수 없다는 뜻이기도 하다. 내가 첫 아이를 낳았을 때도 시어머니는 밥과 미역국이 놓인 작은 상을 방 한쪽에 놓은 다음, 삼신할미에게 아이의 건강과 다복을 빌면서 손을 비비곤 했다. 보이는 대상이라도 무생물이라면 대답이 없다. 굳이 대답을 듣고 싶어서는 아닐 것이다. 수험생을 둔 어머니들이 절에 가서 비손하는 이유는 그렇게 해야 마음이 편하기 때문이리라. 비는 것과 당락은 아무 관계가 없다. 합장을 하건 손을 비비건 자기 위안이다. 보이지 않는 대상이 내가 원하는 것을 들어줄까 하는 의문도 들게 마련이다. 그렇게라도 하지 않으면 믿음에 대한 자신마저 없어질 터이다. 생각에 믿음을 주기 위해 염원을 하는 것이다. 고향과 가정을 잃어버린 칠 복의 울분이 담긴 문순태의 〈징소리〉도 있다. 〈장마〉의 친할머니가 아들의 무사 귀환을 바라며 무당의 말을 믿고 싶은 것처럼 자기의 염원이 현실로 나타나길 바라는 것과 같다.

살다 보면 아무라도 붙잡고 속의 말을 하고 싶을 때가 있다. 누구는 하나님을 찾고 누구는 부처를 찾는다. 무속인을 찾기도 한다. 가슴에 담은 말을 하지 못하면 염원이 된다. 막다른 골목까지 왔는데 내 말을 들어줄 대상이 없다면 허공에 대고 하소연할 수도 있다. 우리가 비는 대상들의 대부분은 현실의 사람은 아니다. 원하는 대답을 직접 들을 수가 없다는 뜻이기도 하다. 사람과 혼령 사이의 언어 배달꾼인 무속인 역시 누구의 염원을 위해 중간에서 비손하고 있음이 분명하다.

요즘은 더 이상 무속인 집이라고 해도 굿을 하지 않는다. 바다로 가는 인적 드문 곳에 큰 당집이 있는 걸 봤다. 징이나 북소리로 주위 사람에게 민폐를 끼치지 않겠다는 의미인지, 굿을 하기에는 무속인 집이 좁아서인지 모르겠다. 인적이 드문 산이나 바닷가에서 굿하는 광경을 본 적도 있다. 오늘도 한낮의 징 소리가 묘한 궁금증을 자아낸다.

(2017)

꿈

간밤의 꿈은 악몽이었다. 잠에서 깨었는데 온몸이 땀에 젖어 있
었다. 해몽 책을 펼치지 않아도 오늘 하루는 재수가 없을 거라는
예감이 들었다. 해몽 상으로 좋은 꿈이라 해도 잠에서 깨어난 뒤
기분이 개운치 않으면 그건 좋은 꿈은 아니다.

오늘처럼 불길한 예감이 드는 날은 식구 단속을 한다. 시어머니
께는 차 조심을 말하고, 남편에게는 집에 와서 술 마실 것, 아이들에
게는 학교 끝나면 곧장 집으로 돌아오라는 말을 했다.

이럴 때 식구들의 표정은 안 봐도 안다. 남편은 '아직도 꿈속에서
살고 있구나.' 할 것이고, 아이들은 '엄마의 꿈 때문에 왜 우리가
불이익을 당해야 하냐고요?' 하면서 입을 비쭉거렸을 것이다.

식구들이 하나둘 빠져나간 집은 조용했지만, 간밤의 꿈은 아직도
나를 놓아주지 않았다. 책을 읽으려고 펼쳤는데 같은 책장에서 계속

맴돌고 있었다. 동물원의 우리 안에서 어슬렁거리는 곰처럼 팔짱을 낀 채 방 안에서 서성거렸다. 시계만 쳐다보며 하루가 빨리 지나가기만 바랐다. 벽에 걸린 시곗바늘이 멈춘 줄 알고 가까이 가서 눈을 대고 들여다보았다. 할 수만 있다면 지구상에 존재하는 모든 시계의 시침을 내일로 돌려놓고 싶었다.

여섯 살 된 아들이 탈장 수술을 하던 날 병원 복도에서 수술 끝나기를 초조하게 기다리던 날처럼 시간이 안 가는 날이었다.

꿈이라는 것은 나와 전혀 무관한 것은 아니다. 예전에 겪었던 일이나 평소의 생각, 혹은 희망 사항 등이 나타나게 마련이다. 인간의 잠재의식을 비춰주는 또 하나의 거울이나 다름없다. 결국 해몽 잘할 수 있는 사람도 그 꿈의 실마리를 찾아낼 수 있는 건 자신이라는 것이다. 외부에서 들어오는 다양한 신호를 대뇌가 하나의 그럴듯한 이야기로 꾸며 내는 것이 현대과학에서 말하는 꿈이라는 글을 읽은 적이 있다.

아무리 애태우고 더디게 흐르는 시간을 원망해도 시간은 제 속도대로 정확하게 흘렀다. 저녁때 식구들이 집으로 들어온 뒤에야 안도의 숨을 내쉴 수 있었다.

"오늘 하루 무사히 지나갔으니 우리 시원하게 맥주나 한잔할까?"

술 마실 핑계를 찾았다는 듯 남편은 지갑을 챙겨 들고 동네 가게로 향했다.

이제 식구들도 귀가했고, 아무 일도 없었으니 마음 놓고 맥주 한

잔쯤 마셔도 될 터였다. 안주를 마련해 놓고 남편을 기다렸는데 올 시간이 지나도 오지 않았다. 어젯밤의 그 불길한 꿈이 다시 고개를 들었다. 휴대전화를 챙겨 들고 밖으로 나가려는데 남편에게서 전화가 걸려 왔다. 가게 가는 길에 우연히 친구를 만나 술 한잔하고 있으니 먼저 자라고 한다. 지난밤의 꿈이 그림자처럼 떨어지지 않았다. 꿈의 효력이 하루의 끝인지 자정인지 아니면 다음 날 잠자기 전까지인지도 궁금했다.

자정이 넘었지만 잠은 오지 않았다.

새벽 두 시쯤 다시 전화벨이 울렸다. 지갑을 잃어버렸다는, 혀 꼬부라진 남편의 목소리였다. 슬리퍼를 끌고 남편이 앉아 있는 동네 가게 앞으로 갔다. 남편은 동네 가게 계단에 널브러진 옷처럼 처진 모습으로 앉아 있었다. 친구와 술을 마시고 노래방까지 갔다가 헤어진 뒤 동네 술집에 가서 한 잔 더 마시려고 지갑을 꺼내려니 없어졌다는 것이다. 만취한 상태라 몸도 가누지 못하는 남편을 그대로 계단에 두고 지갑을 찾아 나섰다. 조금 전에 술을 마셨다는 그 술집에 가서 물어보니 모른다고 했다. 계산은 마쳤단다. 초등학교 때 소풍가서 보물찾기할 때처럼 나뭇가지를 흔들어보고 깜깜한 하수구를 들여다보기도 했지만 보이지 않았다. 카드를 쓰지 않는 남편은 지갑에 현금을 많이 넣고 다니는 편이다. 결국 지갑을 포기하고 남편을 부축해서 집으로 돌아오는데 간밤의 꿈이 적중했다는 생각이 번쩍 들었다.

180 양달막 _ 또 하나의 고도

시각 능력이 뛰어날수록 꿈을 잘 기억한다는데, 이제는 꿈을 기억 못 하는 날이 많다. 꿈과 나이가 반비례하는지 조금씩 꿈을 꾸는 날이 줄어든다고 보는 게 맞겠다. 돋보기를 끼지 않으면 글자도 보이지 않을 정도로 시각 능력이 떨어지기도 했다. 그래도 꿈을 꾸기 위해 음악을 틀거나 잠들기 전에 코 주위에 향수를 뿌렸다는 '살바도르 달리'처럼 아직은 꿈을 포기하고 싶지는 않다.

(2009)

쥐 이야기

* 방랑자이지만 돈이 있으면 관광객이라 불린다.

- 폴 리처

여름 어느 날, 어시장 한쪽에 쥐 한 마리가 지폐를 깔고 죽어 있었다.

시장은 건어물과 산고기, 어패류 등을 파는 노점이 세 줄로 쭉 늘어서 있는 곳이다. 비와 햇볕을 막기 위한 비치파라솔이 줄지어 서 있다. 쥐가 죽은 곳은 마른고기를 파는 은영이네 가게다. 은영이는 가게 여주인의 딸 이름이다. 대개 상회 이름은 가족 이름 혹은 고향 마을 이름을 쓴다.

40대의 은영이네는 죽은 쥐만 보아도 경기를 일으킬 정도로 쥐를 무서워한다. 어쩌다 쥐의 사체라도 보면 몇 가게 건너에서 역시 마른고기를 파는 친정엄마를 부른다. 그녀의 친정엄마는 까만 비닐봉지를 들고 와서는 쓰레기를 줍듯 쥐의 사체를 비닐에 담아서는 가져 간다.

싱싱함을 팔아야 하는 어시장은 새벽에 문을 연다. 그날도 일찍 출근한 은영이네가 갑자기 '꺅!'하고 소리를 질렀다. 장사 시작을 위해 시장의 물건을 챙기던 상인들과 물건을 사기 위해 오토바이를 타고 온 식당 주인들이 허리를 펴거나 돌아서서 은영이네를 바라봤다. 그 순간 은영이네가 다시 깔깔거리고 큰 소리로 웃는 게 아닌가. 사람들은 그녀를 이상한 눈빛으로 보았다. 그녀는 얼굴의 웃음을 지우지 못한 채, 집게손가락으로 땅을 콕콕 찌르듯 한 곳을 가리켰다. 사람들은 우르르 몰려갔다. 은영이네가 가리키는 그곳에는 중간 크기의 쥐 한 마리가 쫙 펼쳐진 천 원짜리를 깔고 편안하게 죽어 있었다. 쥐약을 먹은 듯했다.

어시장에는 먹을 게 많아서인지 쥐가 많다. 그 쥐들은 겁이 없다. 사람이 있어도 피하지 않고 느리게 기어간다. 생선을 다듬는 아주머니들 옆에서 다듬고 남은 생선 찌꺼기를 태연하게 먹기까지 한다.

"얼마나 돈에 한이 맺혔으면 돈을 깔고 죽었을까 잉?"

수족관에 여러 가지 활어를 넣어놓고 파는 '마당쇠'가 말했다.

"글먼, 죽는 순간 세상이 돈짝만 하게 보였겠네 그려."

"혹시 저승 갈 때 노잣돈으로 쓰려는 거 아녀?"

낙지와 게를 파는 광영이네와 해삼 전복 등을 파는 상호네가 한마디씩 했다.

"축축한 바닥이 싫었을 것 같아요."

수레에 온갖 차를 늘어놓고 파는 '커피'가 끼어들었다.

상인들은 죽은 쥐를 보며 한마디씩 했다. 죽은 쥐는 말이 없게 마련이다. 먹을 거 천지인 시장 바닥에서 쥐약을 먹었다는 게 이해되지 않았다. 천 원짜리는 어디서 가져왔으며 돈의 개념도 모르는 쥐가 왜 돈을 깔고 죽었는지는 궁금증을 일으켰다.

"엄청나게 큰 놈이네. 시장 바닥이라 굶어 죽을 염려는 없었을 건디 껄떡이다가 쥐약까지 먹었구먼. 쥐약만 안 먹었으면 껍데기 벗겨 숯불에 구워 먹으면 맛있을 텐데."

시장에서 물건을 배달하는 50대인 오토맨의 말에 여자들은 눈을 흘겼다.

내가 어렸을 때, 친정아버지도 쥐의 껍질을 벗기고 양념해서 연탄불에 구워 드셨다. 그 냄새가 얼마나 고소했는지 군침이 돌았다. 아버지는 남동생에게만 주셨다. 그 쥐들은 모두 아버지가 때려잡은 것들이다. 아버지 별명이 '쥐 선생'이었다. 쥐와 비슷한 특성을 가졌다거나 쥐를 자주 구워 드셔서가 아니라 아버지 눈에 보이는 쥐는 살아남지 못했기 때문이다.

"쥐도 무턱대고 잡으면 안 되는 거야. 잡는 요령이 있다는 거지. 쥐가 보이면 빗자루로 바로 때리면 잘 안 잡혀. 그러니까 일단 쥐를 빗자루로 쓸어야 해. 넘어져서 일어나기까지의 짧은 시간에 때리면 바로 잡히는 거지."

아버지가 강조하신 쥐 잡는 법이다.

지금의 아이들에게 쥐를 구워 먹었다고 말하면 아마도 야만인 취급을 할 것이다. 그걸 아는 세대는 40대 이상이었으니까 말이다.

쥐를 빙 둘러싸고 모여 있는 사이로 시장에서 허드렛일하는 정 과장이 지나가다가 이 광경을 보았다.

"뭔 소리를 하는 교? 쥐가 돈을 어떻게 알아요? 그저 종이 쪼가리에 불과한 기라. 다들 제 자리로 가이소"

정 과장은 어이없다는 표정을 한 뒤 뒷짐을 지고 가던 길을 계속 갔다.

사람들이 흩어진 후 은영이네는 쥐를 다시 한번 내려다보더니 그제야 잊고 있었다는 듯 자기 엄마를 불러 쥐의 사체를 치우게 했다. 그녀는 쥐를 치우는 친정엄마를 향해 천 원짜리까지 가져가라고 했다.

"기왕에 깔고 죽을 거면 만 원짜리나 깔고 죽지…."

쥐가 담긴 까만 비닐봉지를 들고 돌아서는 은영이네 친정엄마의 혼잣말만 뒤에 남았다.

(2008)

또 하나의 고도

* 인간의 지혜는 단 두 단어로 집약된다. '기다림'과 '희망'.

— 알렉산더 뒤마

아직도 여자는 앞집 대문을 두드린다. 앞집에 세 들어 살았던, 여자의 언니가 죽은 지도 꽤 되었다. 열리지 않는 대문을 두드리는 그녀는 몸을 바로 가누기조차 힘든 중증장애인에다 정신도 온전하지 못하다.

그녀의 언니는 꼽추였는데 생전에 동네에서 작은 식당을 운영했다. 식당 문을 열 시간이 아닌데도 셔터를 두드리며 언니를 부르는 동생을 위해 귀찮은 내색도 하지 않고 문을 열어주었다. 식탁 앞에 동생을 앉혀놓고 음식을 먹인 뒤 식당을 나갈 때는 쌀도 건네줬다. 동생은 그 쌀을 들고 집으로 가면서 남의 집 대문 앞 계단이나 땅바닥에 주저앉아 쉬었다 가곤 했다.

언젠가 그 식당의 셔터가 계속 내려 있기에 옆 가게 주인에게 물어보았더니 꼽추 여자가 병으로 죽었다고 했다. 몇 달 뒤 그 음식점은 다른 사람이 운영하고 있었다. 그곳으로 몇 번 언니를 찾아간 동생은 주인에게 욕설과 함께 쫓겨나기도 했다는 것이다.

그 뒤부터 여자는 언니의 살림집인 앞집 대문 앞에 가끔 나타났다.

"언니! 문 좀 열어줘!"

언니를 부르다가 대답이 없으면 땅바닥에 앉아 설움을 풀었다. 울음 섞인 목소리 속에서 그녀의 가족사를 대강 알 수 있었다. 남편 없이 살았던 꼽추 언니, 불의의 사고로 일찍 죽어버린 오빠에 관한 내용이었다. 오빠를 들먹일 때면 여자는 통곡했다. 한 가닥의 희망조차 보이지 않을 정도로 망가진 가족사였다. 그렇게 한 바탕 소란을 피우는 여자를 본 어르신들은 곧 비가 오겠다고 말했다.

여자가 처음부터 중증장애인은 아니었다. 약 이십 년 전 그녀는 동네 골목길 한쪽 포장마차에서 호떡을 구워 팔았고, 연탄 화덕을 놓고 뽑기 장사도 했다. 그러다가 여자에 대해서는 잊었다. 아마도 여자가 내 눈에 보이지 않아서였을 것이다.

그로부터 약 10년의 세월이 흐른 뒤에 그 여자가 보였지만 예전의 모습은 아니었다. 시선을 바로 하지도 못했고 온몸을 비틀면서 힘겹고 위태롭게 걷는 것이었다. 얼굴도 너무 늙어버렸고 앞니 몇 개도 빠진 상태였다. 여자 옆에는 그림자 같은 아들이 있었다. 그들은 시내 쪽으로 나갈 때면 우리 집 앞을 지나갔다. 여자는 악을 쓰다가 울기도 하고 때로는 노래도 불렀다. 그럴 때마다 동네 개들이 짖었다. 개 짖는 소리가 시끄럽다며 여자는 우리 대문을 발로 걷어차기까지 했다.

동네 사람들은 여자가 지날 때마다 불만을 나타냈다.

"저런 여자를 나라에서 어떻게 좀 해야지, 하루 이틀도 아니고 시끄러워서 어디 살겠어요?"

"나라에서 보호해 주려고 해도 남편이 멀쩡하게 살아 있어서 안 된대요."

"남편이 그렇게 못 됐대요. 처음에 여자도 멀쩡했는데 남편에게 많이 맞아서 저렇게 된 거래요. 그래도 아들은 착하더라고요."

여자의 행동은 못마땅하지만, 아들만은 효자라고 칭찬했다. 아들 때문에 여자는 면죄부를 받는 듯했다.

그 아들을 나도 여러 번 보았다. 잘생긴 얼굴에 여드름이 송송 돋은 고등학생이었다. 또 다른 앞집은 대문으로 오르는 계단이 두 개 있다. 모자(母子)는 그곳에서 자주 쉬어갔다. 오래 걸으면 힘들어하는 엄마를 위한 아들의 배려였다. 마주 앉아 연인처럼 소곤거리면서 이야기를 나누거나 더울 때면 아이스크림을 나눠 먹기도 했다. 때로는 우는 여자의 눈물을 닦아주고 등을 토닥여 주곤 했다. 여자는 아들과 있을 때면 난폭하지 않았고 행복한 표정을 지었다.

"엄마! 내가 숨을 테니까 찾아보세요."

아들은 어느 집 대문 앞에 몸이 다 보이게 숨는 척했다. 장애가 있는 사람이라고 해서 특별한 시선을 보내서는 안 된다는 깨달음을 그 학생은 내게 주었다.

사람은 환경에 따라 변한다는 것을 그 학생에게서 알았다. 6, 7년 전만 해도 그렇게 착했던 아들은 지금 많이 변했다. 더는 엄마와 함께 다니지도 않았다. 온 시내를 정처 없이 돌아다니며 혼자 구시렁거리기도 하고, 보물을 찾듯 쓰레기통을 뒤지는 건 다반사였다. 그 청년이 엄마인 여자를 자꾸만 닮아가는 게 안타까웠다. 본 적도 없는 청년의 아버지에게 원망이 뻗쳤다. 결혼했으면 아내와 가정을 책임져야 할 게 아닌가.

"아줌마! 왜 이런 걸 얻어가는 거예요?"

언젠가 음식이 담긴 비닐봉지를 들고 가는 여자에게 물었다. 여러 가지가 섞인 반찬거리로 보여 몇 군데의 상인들에게 얻은 듯 보였다. 그날은 말짱한 정신으로 노래까지 흥얼거리고 있어서 용기를 내 물었다. 여자는 집에 가서 요리해 먹는다고 대답했다. 누가 시키느냐고 물었더니 남편이라고 바로 대답했다. 안 얻어 오면 혼난다고 하면서 욕설과 함께 불안하게 눈동자를 굴렸다.

'베케트'의 희곡 〈고도를 기다리며〉에서 두 남자는 계속 고도를 기다린다. 고목 한 그루가 서 있는 황량한 길가에서 누구인지도 모르는 고도를 기다리는 것이다. 그가 와야만 구원을 받는다는 생각에서다. 해가 넘어가고 다음 날이 밝아도 고도는 오지 않지만, 그들은 또 기다린다. 어떤 이는 고도가 내일 올 거라는 말을 해주고 간다. 고도의 정체는 알 수 없지만, 그들이 기다림을 멈추지 않으리라는 것도 우리는 안다.

　고도를 기다리는 두 남자처럼 여자 역시 오지 않을 언니를 기다리고 있는 것일까? 아니면 돌아오지 않을 줄 알면서, 판도라의 상자에 마지막으로 남아있는 희망처럼 버리지 못하는 것일까? 여자가 두드리는 대문은 열릴 때만 대문이다. 열리지 않으면 벽이나 다름없다.

　'아줌마가 아무리 두드려도 당신 언니는 문을 안 열어준다고요. 아니, 열어줄 수가 없어요. 그러니까 이제 그만 포기하세요.'

　여자에게 이 말을 하고 싶었다. 철제 대문의 두드림 소리가 시끄러워 동네 개들이 짖었기 때문만은 아니었다. 혹시 언니가 돌아올 거라는 믿음을 아직 갖고 있다면 단념하길 바랐던 것이다. 그러나 말할 수 없었다. 살아 있는 동안 언니에 대한 기다림마저 놓아 버린다면 여자의 삶이 너무 허망할 것 같아서다.

(2008)

'미르'의 가출

* 습관의 쇠사슬은 거의 느끼지 못할 만큼 가늘다. 그것을 깨달았
을 때는 끊을 수 없을 정도로 이미 굳고 단단해져 있다.
- 린든 베인스 존슨

20일 가까이 매 놓았던 '미르'를 풀어줬는데 예전 같지 않았다.
파마한 것처럼 곱슬곱슬한 털에, 목 아래로 내려올 정도로 긴 귀를
휘날리며 뛰어다니던 녀석이 웬일인지 둔해졌다. 가뿐하게 오르던
의자에도 단번에 오르지 못하고 내 얼굴을 한 번 힐끔 보고는 머뭇
거린다. 뛰는 걸 잊은 듯 까치발만 하는 녀석을 보며 아직도 자기가
줄에 묶여 있는 것으로 착각하는가 싶었다.

미르는 지난 설에 집을 나간 적이 있었다. 평소 집 안에 풀어놓고
키우는 개가 안 보여 샅샅이 찾아봤지만 없었다. 우리 집은 낮에는
대문을 닫아놓기만 할 뿐 잠그지 않고 산다. 아파트에서 온 조카들
이 대문 닫는 걸 소홀히 했던가 보다. 무안해진 조카들이 개를 찾겠
다며 집을 나섰다. 시어머니를 비롯한 우리 식구 역시 대문을 나섰

다. 그날은 바람까지 몰아쳐 무척 추웠다. 시간이 멈춘 것처럼 텅 빈 거리에는 사람 그림자도 보이지 않아 개의 행방을 물어볼 수도 없었다. 친정에 가야 하는 나는 개를 찾지 않고는 불안해서 갈 수 없었다. 앞서 나간 조카들이 나뉘어서 각기 다른 동네를 돌아보고 왔지만 찾지 못했다는 걸 전화로 확인했다. 나는 개의 행방을 추리해봤다. 사람이나 동물이나 익숙한 길로 가게 마련이다. 아들이 개를 데리고 두어 번 산책하러 나간 길로 찾아 나섰다. 건널목을 건너 구봉산 아래의 동네를 돌면서 휘파람으로 동요 '비행기'를 불었다. 녀석에게 간식을 줄 때만 부는 우리 식구의 신호다. 3초 동안의 그 신호를 들으면 미르는 집안 어디서건 달려 나왔다. 발길을 재촉하며 부는 내 휘파람 소리에 동네 개들만 짖었다. 행여나 집에 전화를 해봤지만 안 들어왔다고 했다. 먼저 귀가한 시어머니는 날씨도 추운데 그만 돌아오라고 했지만 그럴 수가 없었다.

　태어난 지 3개월 된 강아지 여섯 마리를 이웃 사람이 우리 집으로 데리고 왔다. 그전에 키우던 개가 늙어서 세상을 뜬 뒤, 임신한 개가 있는 그 집에 강아지 한 마리를 달라고 미리 부탁해 둔 터였다. 꼬리가 짧은, 갈색 털을 가진 잉글리시 코카 스패니얼 종이었다. 여섯 중에서 식구들의 간택을 받은 녀석이 미르다. 손안에 쏙 들어오는 녀석을 방에서 키웠다. 오랫동안 개를 키워 왔지만 방에서 키우기는 처음이었다. 추운 겨울에 어린 녀석을 밖으로 내보낼 수가 없어서였다. 전 주인이 훈련을 잘 시켜 놓았는지 우리가 밥 먹을 때면 식탁 옆에 와도 음식에 입을 대지 않았다. 대소변도 잘 가렸다. 볼일이 급할 때면 닫혀 있는 방문을 긁었다. 허구한 날 방안에서 배설했다면 참 난감했을 것이다. 몸이 조금 커지고 봄이 오자 마당으로 내보냈다. 처음엔 방 쪽을 보며 낑낑대던 녀석이 며칠 지나자 잘 적응했다. 마당에 앉아 있다가도 제 밥그릇에 참새가 앉아 쪼아 먹기라도 하면 얼른 일어나 불청객들을 쫓던 녀석이 언제부턴가 귀찮아서인지 그저 바라보기만 했다. 처음 목욕을 시키려고 하니 물에 안 들어가려고 버티더니 몇 번 하다 보니 제가 알아서 물에 들어가 앞발을 욕조에 걸치고 섰다.

"이렇게 예쁜 옷을 입은 개는 처음입니다."

예방접종을 하러 갔더니 동물병원의 의사가 말했다.

이런 녀석을 찾으려고 돌아다니다 보니 찬바람 알레르기가 있는 내 얼굴은 벌겋게 부어올랐다. 산 아랫동네를 돌아 우리 집이 있는 방향으로 돌아오면서도 나는 계속 휘파람을 불었다. 그런데 놀랍게도 성당 뒷동네 주차장의 어느 승용차 밑에서 녀석이 긴가민가한 표정으로 조심스럽게 나오는 게 아닌가. 파블로프의 개처럼 내 휘파람에 반응한 것이다. 쪼그리고 앉아 이름을 부르며 두 팔을 벌렸더니 잠시 주춤하던 미르는 큰 귀를 휘날리며 뛰어왔다. 개를 찾았다고 집에 전화했더니 월드컵대회에서 우리나라가 공을 넣은 것처럼 여기저기서 환호하는 소리가 들렸다. 평소엔 안아주면 갑갑하다는 듯 빠져나가던 녀석이 내 품에 가만히 있었다. 안도감이 들었던 모양이다.

미르는 열흘 후 또 대문 밖으로 나가려다 잡혀서 묶인 신세가 되었다. 처음엔 식구가 보이면 풀어달라는 눈빛을 보냈다. 못 본 체하니까 방 쪽을 향해 짖다가 낑낑댔다. 그래도 모르는 체하자 조용해졌다. 포기를 했을 것이다. 안쓰러워 목줄을 풀어줬는데 예전같이 활발하지 않았다.

미르와 달리 사람들의 익숙함은 오래 가지 않았다. 환경이 바뀌어 현실에 꼭 적응하지만 오랫동안의 습관이 며칠 만에 바뀌지는 않는다는 말이다. 다리 골절을 당해 병원에 입원했을 때의 일이다. 외과 병실엔 자리가 없어서 내과 병실에 입원했다. 할머니 환자들 곁에서 할아버지들이 병구완을 들곤 했다. 한국의 할아버지들은 젊어서 아내 고생을 많이 시켰다는 말을 자주 한다. 늙어서야 철이 들었다고 입을 모은다.

'평생에 고생을 많이 시켰으면 그 정도의 병시중은 당연히 해야지.'

이런 내 생각이 틀렸다는 걸 며칠 후에야 알았다. 내 옆자리 할머니의 병시중을 들던 할아버지는 처음엔 할머니에게 끼니때마다 식판과 물을 나르고 커피도 지성스럽게 타다 바쳤다. 할머니가 고구마가 먹고 싶다고 하자, 바로 집으로 달려가 고구마를 가져오기도 했다. 둘이 머리를 맞대고 밥을 먹는 모습이 정겨웠다. 백년해로의 세월이 보였다. 그런데 며칠 후부터는 할머니가 식판을 들어 날랐다. 감기 환자라서 식판을 들고 다닐 수는 있다. 그게 한두 번으로 끝나지 않았다. 할머니가 타다 주는 커피를 할아버지는 당연한 것처럼 받아 마셨다. 저녁때면 할아버지가 침대를 차지하고 할머니는 간이침대에서 잤다. 두 분의 영혼이 바뀐 줄 알았다. 할아버지는 할머니의 수발을 받는 것을 당연시했다. 퇴원할 때조차 할머니가 짐이 든 가방을 들었다. 할아버지는 병시중하러 온 게 아니라 밥을 할 줄 몰라서 할머니 옆에 붙어 있었다고 한다.

우리 인간은 알게 모르게 주위 환경에 조금씩 동화된다. 개도 감정이 있고 생각할 줄을 안다. 묶여 있는 '미르'가 타성에 물들기 전에 대문을 잘 단속하고 풀어놔야겠다.

(2005)

말심 씨를 만나다

*사랑이란 자기의 희생이다. 이것은 우연에 존재하지 않는 유일한
행복이다.   - 톨스토이

피부과 병원 대기실에서 우연히 말심 씨를 만났다. 오랜만에 만
난 우리는 이산가족의 만남처럼 서로를 반겼다. 내가 종합병원에
입원했을 때 머리를 감겨준 여자다.

나는 30여 년을 만며느리로 살아왔다. 내 소망은 며칠만이라도
누구의 간섭을 받지 않고 자유를 누리며 살아보는 것이었다. 책을
옆에 쌓아놓고 엎드려 읽다가, 눈이 따가우면 뒹굴다가 큰대자로
누워있고도 싶었다. 시어른들 모시고 살다 보니 나만의 시간을 빼앗
기는 일이 많았다. 하고 싶은 일보다 해야 하는 일이 우선이다. 몸이
안 좋아도 늦잠도 못 잔다. 맘 놓고 온종일 외출한 적도 없다. 친구
들과의 모임에서는 어른들의 저녁 걱정으로 시계만 보게 된다. 조금
이라도 늦으면 어김없이 시어머니의 전화 목소리가 날을 세운다.

"요즘에도 그러고 사는 사람이 있다니?"

친구들은 나를 바라보며 측은함과 화난 표정을 동시에 나타냈다.

그런 내가 병원에 입원하게 됐다. 겨울 등산 중, 서리가 녹기 시작하는 바위에서 미끄러져 복사뼈 골절을 당했다. 엑스레이를 본 의사가 입원하라고 했다. 부어오른 골절 부위가 몹시 욱신거렸지만 얼마 동안 쉴 생각에 슬며시 웃음이 나왔다. 입원하기 위해 가방에 생필품과 책 여러 권을 넣었다. 아들이 어이없다는 듯 "엄마, 병원에 입원하러 가는데, 뭔 책을 그리 많이 가져가요?" 한다.

안내받은 병실에 들어서며 나는 선임자들에게 반갑다고 큰 소리로 인사를 건넸다. 외과 병실이 다 차서 내과 환자들과 생활할 수 있게 된 건 오히려 행운이었다. 7명이 함께 하는 큰 병실에서 몸을 자유롭게 움직일 수 있는 내과 환자들은 거동이 불편한 외과 환자들을 많이 도와줬다.

병원 생활에 적응되다 보니 처음과 달리 집안 걱정은 조금씩 없어졌다. 오래된 병원이라 문턱이 있었다. 목발을 짚고 이동식 링거대를 밀면서 화장실에 가는 건 불편했다. 식판을 복도에서 내 자리까지 가져오는 건 무리였다. 그때 세 끼 식판을 갖다주고, 멀찍한 조리실로 달려가 전자레인지가 있는 곳까지 가서 사골국을 데워주고, 밥을 먹고 나면 꼬박꼬박 커피까지 타다 준 사람이 바로 내 또래 말심 씨였다.

그녀는 연로한 환자가 대부분인 병실에서 온갖 일의 들무새였다. 아들만 넷이라 '개가 몽둥이에 얻어맞는 팔자'라고 하신 할머니가 계셨다. 여럿의 자녀 중에서 맏며느리만 찾아와 수발을 들곤 했다. 할머니는 며느리에게 머리를 감는 건 맡겨도 목욕만은 한사코 마다 했다. 말심 씨는 할머니 의견도 묻지 않고 다짜고짜 할머니를 샤워 장으로 모시고 가서 목욕시켜 드렸다. 팔은 사용할 수 있지만, 한쪽 다리로 서기가 불편한 나도 어쩔 수 없이 그녀에게 머리를 맡겼다. 식구 중에 유일하게 내 머리를 감겨줄 수 있는 딸은 다른 도시에서 대학교에 다니고 있었다. 말심 씨에게 목욕까지는 도저히 맡길 수가 없었다. 같은 여자끼리 뭐 어떠냐며 기어이 목욕시켜 준다는 걸 사양하느라 진땀을 뺐다. 어른이 되고 나서 미장원이 아닌 곳에서 처음으로 남에게 머리를 맡기며 나는 슬며시 웃었다. 연인의 머리를 시원하게 감겨주는 영화 〈아웃 오브 아프리카〉가 떠올라서다.

우리 병실의 환자와 보호자는 다들 한 가족이 된 듯하다.

가까운 이웃이 먼 친척보다 낫다는 속담은 맞다. 타인이 이렇게 단결이 잘 된 경우가 있었을까?

환자 가족이 먹을 걸 들고 오면 말심 씨는 병실의 모든 사람에게 나눠줬다. 불편한 점도 있다. 가위에 눌려 잠에서 깼다가 뿌드득거리며 이를 가는 소리에 잠이 확 달아난 적이 있다. 한밤중에 하품을 참으며 일어나 화장실에 가던 중 복도 끝에 귀신처럼 보이는 여자를 만나 소름이 돋은 적도 있었다. 흰색에 가까운 환자복에 새까만 머리를 풀어 헤친 여자가 이동식 링거대를 붙잡은 채 서 있었던 거다. 한 할머니는 가는귀먹어 자꾸 엉뚱한 대답을 하셨다. 그 할머니에게 큰 소리로 말하는 내게 말심 씨는 중간에서 통역도 해줬다. 맨 안쪽 병상의 할머니 바깥어른은 우리가 고구마를 먹고 싶다고 하자, 시골 집에까지 가서 생고구마를 가져오셨다. 말심 씨는 우리가 배가 고플 즘이면 고구마를 신문지에 싸서 레인지에 구워 왔다. 저녁 5시에 밥이 나오기 때문에 잠자기 전까지의 시간이 환자들에겐 너무 길다. 환자들의 손발인 말심 씨를, 우리 방에 없어서는 안 될 '방장'이라고 내가 말했더니 그 뒤, 방 식구들이 모두 '반장님'이라고 불렀다.

그녀가 퇴원하기 전날 저녁, 우리는 병원 앞 포장마차에서 산 어묵탕과 떡볶이, 순대 등으로 이별 파티를 했다. 그동안 정이 쌓인 식구들은 섭섭해했다. 다시는 병실에서 만나지 말자는 말을 한 사람도 있었다. 병실에서 만날 일이 없다는 건 그만큼 건강하다는 말이겠지만 이런 만남은 다시 가져도 좋겠다는 생각이 들었다. 우리는 말심 씨가 한 방에 있어 즐거웠던 기억을 떠올리며 아쉬움을 이야기했다. 몸이 여유롭다고 해서 모두 헌신적이지는 않다. 그녀 또한 환자인데 남을 위해 몸을 아끼지 않았다. 그 가운데서 행복감을 느낄 수도 있었겠지만, 우리 역시 즐겁고 편안한 생활을 했다. 그녀에게 병실에 더 있으라는 말이 나올 뻔했다. 병실은, 아파서 만난 사람들이 가족처럼 친밀함을 가질 수 있는 공간이었다. 그녀가 짐을 챙길 때 나는 영양 크림 하나를 잡아주며 그동안 고마웠다고 말했다.

그녀가 퇴원하고 그 자리에 다른 환자가 들어왔다.

"○○씨, 커피 안 마셔요?"

식후에 40대로 보이는 그 환자에게 조심스럽게 물었더니 "저는 커피 안 마셔요."라고 했다. 말심 씨라면 이럴 때 커피를 타왔을 텐데 하는 아쉬움이 들었다.

5년여 만에 만난 말심 씨는 내게 다쳤던 곳은 괜찮으냐고 물었다.
한동안 자유를 누렸지만 다리 근육이 쏙 빠진 대가를 치렀다는 내게 말심 씨가 하얀 이를 드러내며 웃었다. 몸의 자유와 여유는 바쁘거나 한가한 상황에서 온다기보다는 삶을 긍정적으로 끌어나가는 사고방식 속에서 찾아온다는 걸 느끼게 해준 그녀다.

(2019)

약속

*약속을 지키는 최선의 방법은 약속을 하지 않는 것이다.

- 나폴레옹

드디어 시외삼촌이 개불을 가져왔다.

시어머니를 찾아오는 외삼촌은 술에 취해있을 때가 더 많다. 술에 취하지 않고 전화를 하는 삼촌의 목소리를 나는 잘 알아듣지 못한다. 일찍 어머니를 여읜 삼촌은 시어머니를 부모처럼 생각한다. 장남인 남편과 막내인 삼촌은 동갑이다. 삼촌은 어머니 드시라면서 꼭 먹을거리를 들고 온다. 술상을 챙겨 들고 가는 나를 본 삼촌은 개불을 캐서 갖다주겠다는 말을 자주 했다.

신혼 초에 우리 부부는 삼촌이 사는 동네 바닷가에 삼촌 부부와 개불을 캐러 간 적이 있었다. 물이 빠진 모랫바닥에서 호미로 캤을 것이다. 숙모는 개불의 배를 가르고 내장을 긁어낸 다음 어슷하게 썰어놓고는 초고추장에 찍어 먹으라고 했다. 삼촌은 개불의 내장을 술안주로 먹으며 이게 진짜배기라고 했다. 처음 먹어 본 개불 맛을 바로 표현할 수 없었다. 세상에 이런 맛이 있다니. 사전 속에 적힌 우리말로는 표현할 수 없을 정도로 맛있었다. 그 뒤 가끔 개불을 먹었지만, 그때보다 맛있는 개불을 아직 먹어 보지 못했다는 말을 두어 번 삼촌에게 했었다.

"기다려 보소. 내가 직접 캔 개불을 꼭 갖다줄 테니까."

삼촌은 금방이라도 캐다 줄 듯 말했다.

그 약속을 지키지 못한 삼촌은 나만 보면 빚 독촉을 당한 사람처럼 먼저 개불 이야기를 꺼내곤 했다. 술에 취해 무의식적으로 한 말일 거라며 귀담아듣지 않았는데 삼촌은 많은 시간이 지난 뒤에야 약속을 지켰다.

우리는 살면서 많은 약속을 하지만 지키지 않을 때가 더 많다. 잊어버리고 지키지 못한 약속, 지키고 싶지만 지킬 수 없는 약속, 기억하면서도 어기는 약속 등이 있다. 결혼식장의 주례는 신랑 신부에게 평생 사랑하며 검은 머리 파뿌리 될 때까지 살겠느냐고 묻는다. 대개 신랑은 우렁차게 대답하고 신부는 고개를 숙이는 것으로 긍정의 표시를 한다. 그 행동이 평생 지켜야 할 약속이니 실행해야 한다고 생각한 사람은 얼마나 될까? 식순에 적힌 진행이나 주례사의 의례적인 인사치레로 여길 수도 있다. 약속은 살면서 잊게 마련이다. 알면서도 실천할 자신이 없으면 그 기억을 애써 부정할 수 있다. 어겼다는 걸 기억에서 지우고 싶을지도 모른다.

자기와 결혼하면 달마다 책 몇 권과 포도 한 상자를 사주겠다고 한 남자가 있었다. 책 읽는 것과 포도를 좋아하는 내 환심을 사려는 의도였다. 나는 그 약속을 믿지는 않았다. 남편이 된 그는 알뜰한 살림을 하라며 결혼 첫 달에 가계부가 달린 여성지 한 권을 사줬다. 그 뒤로는 시립도서관에 책 빌리러 가는 나를 항상 차에 태워줬다. 언젠가 그 약속을 기억하느냐고 물었더니 그런 말을 한 일조차 잊고 있었다.

지금은 중견 작가로 널리 알려진 여자 작가의 이야기도 있다.

그 작가는 등단하기 전 내 고향에서 한동안 중고등학교 교사를 한 적이 있었다. 작가는 제자들에게 몇 년 뒤의 첫눈이 내리는 날 서울의 어느 곳에서 만나자는 약속을 했다.

졸업한 학생들은 그 말을 기억했다가 첫눈 오는 날 약속 장소로 나갔다. 그렇지만 그 선생님이 끝내 나타나지 않아 무척 실망했다는 것이다. 휴대전화도 없던 시절이었다. 선생님과의 약속을 잊지 않고 오랜 시간이 흐른 뒤에도 먼 길을 달려간 학생들이 6시간 거리의 차를 타고 돌아오면서 실망했을 모습이 그려졌다. 동생이 그 학교의 학생이었다. 그날 서울에는 첫눈이 오지 않았거나 선생님의 피치 못할 사정이 있었을 수도 있다.

약속했지만 어쩔 수 없어서 지키지 못한 사람들을 나는 이해한다.

막내 여동생과 우리 딸은 병원에서 손가락을 걸고 내년에는 봉숭아 꽃물을 들이자고 약속했다. 항암치료 중인 동생은 빠진 머리카락을 감추려 두건을 쓰고 있었다. 아이 몸에 덩치 큰 사람의 옷을 입혀 놓은 듯한 옷 위로 링거 줄이 주렁주렁 달려있었다. 동생을 보자마자 화장실로 들어간 나는 물을 틀어놓고 계속 세수를 했다. 빨개진 거울 속의 눈을 보며 웃는 연습을 하는데 딸이 "엄마 뭐해요?" 하며 들어왔다. 딸의 손을 잡고 동생 옆으로 갔다. 무슨 말을 꺼내야 할지 몰라 동생의 손만 잡고 있는데, 초등학생인 딸애가 동생의 손에 편지를 건넸다. 빨리 나아서 내년 여름에 함께 봉숭아 꽃물을 들이자는 내용과 함께 봉숭아 씨앗도 들어 있었다.

부모님 생일이 여름 방학 무렵이라 형제 가족은 친정에 다 모인다. 그럴 때 여동생과 딸애는 봉숭아꽃물을 들였다. 동생이 병원에 누워있는 그 여름에는 꽃물을 들일 수가 없었다. 내년에는 꼭 함께 들이자며 딸애는 새끼손가락을 동생에게 내밀었고 웃을 듯 말 듯 한 동생은 손가락을 내밀었다.

딸애는 아무 뜻 없이 봉숭아 씨앗을 건네며 내년을 약속했지만, 동생은 약속을 지키지 못했다.

어렸을 때 나는 커서 엄마를 호강시켜 주겠다고 나 자신과 약속했다. 크면서 행여 그 약속이 희미해지거나 마음이 변할까 봐 오른쪽과 왼쪽 새끼손가락을 내밀어 나와 내가 약속했다.

엄마가 딸만 내리 셋을 낳았을 때까지 할머니는 '아들도 못 낳는 년'이라며 구박하셨다. 부엌 아궁이 앞에서 눈물을 훔치던 엄마가 안타까웠고, 엄마를 함부로 대하던 아버지도 싫었다. 어른이 되면 엄마만 호강시켜 주겠다고 생각했다. 그때 빨리 어른이 되기만을 기다렸다.

세월이 흘러 내가 그때의 엄마보다 많은 나이가 됐지만, 그 약속을 지키지 못하는 불효를 저지르고 있다. 지금의 내 딸 역시 어른이 되면 차멀미 때문에 여행을 많이 못 하는 나를 위해 손수 운전해서 여행시켜 주겠다고 한다. 딸애가 그 말을 한 것조차 기억 못 하거나 그 약속을 지킬 수 없다고 해도 상대방을 배려하는 따뜻한 마음만으로도 나는 만족한다.

오랜만에 삼촌이 가져온 개불은 예전 바닷가에서만큼은 아니지만 맛있었다.

(2013)

바닷가 아이들

과한 운동을 싫어하는 우리 모녀는 오후가 되면 동네에서 가까운 바닷가 산책을 한다. 더운 날이면 나무가 그늘을 만들어 주는 공원을 이용한다. 그날은 바닷가를 걷는 중이었다. 방파제에 어린이용 자전거와 책가방이 놓인 걸 봤다.

'이 녀석들 또 바다에 들어간 모양이군.'

가끔 물 빠진 개펄이나 얕은 물에 들어가는 초등학교 남학생들이 있었다. 아니나 다를까, 걷다 보니 두 아이가 개펄에 있었다. 장화를 신은 아이는 중심을 못 잡은 듯 뒤뚱거렸고, 운동화를 신은 아이는 양말까지 묻은 펄을 보며 난색을 했다. 바짓단을 걷어 올린 그들은 물속을 톺는 중이었다. 찬물에 들어가기에는 망설여지는 날씨였다. 동네에서 자주 보는 애들이다. 여름이면 더위를 식히려는 듯 깨끗하지도 않은 바닷물에 몸을 담근다. 뜨거운 목욕탕에 몸을 담근

채 '어~ 시원하다'라고 말하는 노인의 표정을 한다. 자전거를 타고 우리 옆을 스치면서 "안녕하세요?"라고 힘찬 인사를 건넨 후 바람 속을 뚫고 나아간 적도 있다. 공원에서 소리치며 배드민턴 치는 모습도 봤다. 보물을 찾듯 비탈진 공원 숲을 살피다가 공원을 걷는 나를 본 한 아이가 "이 공원에 다람쥐가 있어요?"라고 물었다. '토토'가 떠올랐다.

'토토'는 ≪창가의 토토≫라는 책의 주인공 소녀다.

토토는 초등학교 1학년을 마치지 못하고 퇴학을 당한다. 수업에 집중하지 않고 생각대로 움직인 모습이 선생의 눈엔 문제아로 보였음이다. 토토의 어머니는 딸의 거짓말을 모르는 체하면서, 딸에게 상처를 주지 않기 위해 조용히 대안학교인 '도모에 학원'으로 옮겨준다. 이 학원은 영국의 '서머힐'처럼 규제가 많지 않고 푸근한 환경 속에서 숨겨진 재능을 발휘할 수 있는 곳이다.

처음 도모에 학원에 간 날 교장선생은 토토의 이야기를 4시간이나 진지하게 들어준다. 조그만 아이가 재잘거리고 그 모습을 흐뭇하게 바라보는 교장의 모습은 아름다운 그림이다. 현대인은 남의 말을 진지하게 오래 들어준 사람이 드물다. 카페에 앉아 대화하면서도 휴대전화를 들여다본다. 문자의 주고받음이 많아지면서 말을 아끼는 경향도 있다. 토토의 생활은 신이 날 수밖에 없었다. 오직 어른들의 잣대로만 생각해서 토토를 문제아로 취급해 버리는 선생은 한 분도 없는 학교에서 온갖 하고 싶은 걸 다 하니까 말이다.

오로지 최종 목표인 대학 입시만을 위해 초등학교 때부터 무거운 책가방의 무게에 눌려, 놀아야 할 때를 놓쳐버리는 우리네 아이가 많다. 등교 때는 자녀를 태우고 온 부모의 차량으로 학교 앞의 교통이 막힌다. 하교 때는 학원 차 혹은 중형승용차들이 학생들을 태우고 떠난다. 목적지는 집이 아니다. 그 많은 아이는 바람에 휩쓸리는 낙엽처럼 우르르 사 교육장으로 떼지어 들어간다. 몸은 건강해 보이고 키도 크지만 약골이다. 풍요로운 생활 속에서도 여유가 보이지 않는다. 자기 의지 없이, 경쟁에서 밀리지 않기 위해 또는 부모의 강요에 따라 마리오네트처럼 움직인다. 동네의 놀이터에는 어린이가 많이 보이지 않는다.

　우리 어릴 때는 사교육이 없었다. 학교에서 돌아오면 책가방을 던져놓고 자연을 벗 삼아 시간 가는 줄도 모르고 친구들과 뛰어놀았다. 저녁 어스름이 깔리면 엄마들의 아이 부르는 소리가 메아리처럼 들렸다. 아이들은 아쉬움을 남겨두고 집으로 가곤 했다. 시대가 바뀌어서 그때를 그리워하는 건 어불성설일 수도 있다. 지금의 아이들이 어른이 되어 어린 시절을 돌아볼 때 어떤 추억이 떠오를까. 성적을 올리거나 경쟁에서 밀리지 않으려고 저녁때까지 몇 군데의 학원에 다녔던 기억이 전부라면 억울하지 않을까 하는 생각이다. 아이들이 던진 동전 한쪽에라도 여유가 적혔으면 좋겠다. 활발하게 놀 수 있는 시간이 영원한 건 아니다. 나이 든 분들에게 뛰어보라고 하면 과연 몇 명이나 뛸 수 있을까. 갈기를 나부끼는 말처럼 달리고 싶은 건 마음뿐이다.

"니들 안 춥나?"

개펄의 두 아이에게 물었더니, 얼굴에 펄이 묻은 아이가 하얀 이를 드러내며 하나도 안 춥다고 한다.

'맞아, 아이들은 저렇게 놀면서 커야지. 건강하게 잘 크고 있군.'

이 아이들이 타다가 놔둔 자전거와 아무렇게나 놓인 책가방도 망중한을 즐기는 중이었다. 방파제에 묶인 조각배가 살랑거렸다. 멀구슬나무와 하늘을 나는 까마귀와 까치도 아이들을 내려다봤다. 멀리 바다의 윤슬을 가르고 어선 한 척이 지나는 것도 보였다. 이 아이들은 곧 질척한 펄과 바위에서 파래와 굴을 채취할 테고, 긴 머리채처럼 흔들리는 미역도 건져 올릴 것이다.

예전에는 흙길이 많았다. 요즘은 논, 밭이 아니면 흙을 볼 수 없다. 산사로 가는 길마저도 시멘트가 흙의 숨통을 온통 막고 있다. 시멘트를 걷어내고 흙을 밟을 날이 오기는 할까. 어린이의 숨통을 막는 것들을 하나씩 걷어내는 게 어른의 책임이 아닐까 한다. 손가락이 여섯 개인 나라에서는 다섯 개의 손가락을 가진 사람이 장애인이다. 바닷가의 저 아이들은 현실에서 이방인 혹은 말썽꾸러기로 보일 수도 있다. 손가락이 여섯 개 달린 나라에 가도 너희들이 정상이야, 라고 말하고 싶었다. 언제쯤 자연에 묻혀 신나게 노는 우리 아이들을 볼 수 있을까.

(2024)

보이는 게 전부는 아니다

* 우리는 성공보다 실수를 통해 더 많은 것을 배운다.

-제임스 다이슨

무심코 보는 TV 화면은 쉽게 만들어지는 게 아니었다. 연예인도 아닌 내가 TV에 나올뻔했다. 추석 때 우리 식구, 시동생 가족까지 시아버지가 묻힌 공동묘지로 성묘하러 갔다. 산 중턱에 힘겹게 올라 상석에 음식을 놓고 절을 했다.

"안녕하세요? 우리는 여기 지방방송국에서 나왔는데요 절하는 장면을 다시 찍고 싶은데 괜찮겠습니까?"

카메라를 어깨에 얹은 남자 옆의 또 다른 남자가 우리에게 물었다.

추석 뉴스를 전할 때 배경 화면으로 쓰겠다고 했다. 아주 넓은 공동묘지라 성묘하러 온 가족이 많았다. 우리를 찍는다는 건 아마도 상석에 놓인 음식이 다른 집보다 많고 가족 숫자가 많아서일 거란 생각이 들었다. 점점 성묘하는 수가 줄어들어서 가족의 화목함을 강조하고 싶은 마음도 있었을 것이다.

"네, 그러세요."

연장자인 남편이 대답했다.

"그러면 죄송하지만 다시 한번 절을 해주시면 됩니다."

남자의 말에 우리는 다시 절을 했다. 무릎이 안 좋은 나는 또 두 번을 한다는 게 싫었지만, TV 화면에 나온다니 이런 것쯤이야 참을 수 있었다.

"텔레비전에 내가 나왔으면 정말 좋겠네 정말 좋겠네"

오죽했으면 이런 노래가 나왔겠는가.

성묘를 마치고 산에서 내려오는 발걸음이 가벼웠다. 은사시나무와 오리나무는 살랑거렸고 성묘객들의 말소리와 웃음마저 경쾌하게 들렸다. TV를 거의 안 보는 나는 뉴스 시간까지 몇 시간이 남았는지를 가늠했다. 그러다가 화장 안 한 게 후회됐다. TV에 나오는 탤런트는 화장에 신경 써야 잘 나온다고 했다. 지방 뉴스라 전국은 아니지만 내 얼굴 아는 사람이 보면 창피하겠다는 생각이 먼저 들었다.

그날 오후에 우리 가족은 친정에 갔다.

"주목! 오늘 저녁 지방 뉴스에 우리 가족이 나올 거야. 그러니 다들 하던 일을 멈추고 시청합시다!"

나는 TV 드라마의 주인공을 맡은 듯, 부모님과 동생, 조카들에게 말했다.

"다큐멘터리 찍었어?"

"설마 사고 친 건 아니지?"

형제들은 못 믿겠다는 듯 말했다.

미리 말해주면 재미없으니까 이따가 확인하라고, 정겨운 풍경이 나올 거라고 말했다.

드디어 뉴스 시간, 우리는 거실의 TV 앞에 앉아서 지방 뉴스 시간만 기다렸다.

'중앙 방송 뉴스 시간은 왜 이리 길어?'

시간이 빨리 안 갔다.

그렇게 기다리던 지방 뉴스 시간, 이번 추석 명절에 대한 아나운서 말과 함께 공동묘지 풍경이 쭉 나왔다. 넓은 묘지 사이로 한복을 입은 사람, 보자기에 싼 음식 담은 석작이나 종이상자를 든 사람, 꽃다발만 달랑 든 사람이 보였다. 나무들과 동그란 봉분의 모습이 파노라마처럼 스쳐 가더니 어느 무덤 앞 상석에 놓인 음식 앞에서 절하는 사람들이 보였다. 얼굴은 안 보였다. 상석의 음식과 절하는 뒷모습만 클로즈업된 모습이었다. 우리 식구라 나는 바로 알아볼 수 있었다.

"나왔다!"

내가 다급하게 외치자 "어디 어디? 못 봤는데?"라고 여동생이 말했다.

"이게 뭐예요? 고모 때문에 게임도 중단하고 왔는데….."

조카들의 원망도 쏟아졌다.

그날 남편의 엉덩이가 아주 크다는 걸 처음으로 알았다. 눈만 버렸다며 아쉬움을 뒤로 하고 TV 앞을 떠나는 가족을 보면서 문득 또 다른 흑역사가 떠올랐다.

언젠가 이곳 MBC 홀에서 한승원 작가의 강의가 있다고 해서 갔다.

의자만 놓여있는 곳의 둘째 줄에 앉았다. 첫째 줄에도 자리가 있었지만 부담스러웠다. 낯가림을 타서였을 것이다. 이 작가의 책을 거의 읽은 나는 그 작가를 직접 볼 수 있다는 게 경이로웠다. 작가는 조용한 목소리로 말문을 열었다. 바둑알의 속임수를 간파해서, 싫어하는 남자의 청혼을 재치 있게 거절한 여인의 이야기는 재미있었다. 계속 듣다 보니 지루했다. 작가의 말의 속도마저 느려서 졸음이 왔다. 자주 볼 수 없는 작가라 졸면 안 된다는 사명감에 눈에 힘을 주고 잠을 쫓으려고 애썼다. 그런데 세상에서 가장 무거운 게 눈꺼풀이었다. 죄인을 심문할 때 잠 고문을 시킨다는 말이 이해됐다. 졸음을 못 이겨 깜박 졸았던 내 모습이 저녁 TV에 나올 줄은 몰랐다.

그날 저녁에 무슨 볼일이 있어서 지인인 K의 집에 갔다.

"저 사람 ○○엄마 아니에요?"

커피를 마시는 내게 그녀가 TV를 가리키며 다급하게 물었다. 앞에 놓인 TV를 재빨리 보니 깜박 졸다가 고개를 든 내가 보였다. 오늘 작가의 강의가 문화방송 홀에서 있었다는 지방 뉴스와 함께 카메라가 방청객의 얼굴을 훑고 있었다. K는 내 얼굴을 아니까 바로 알아봤겠지만, 다른 사람은 모를 거라며 나를 위로했다.

TV에 비치는 게 진실은 아니었다. 성묘하는 모습을 여러 각도에서 찍더니 상석의 음식과 엎드린 엉덩이만 클로즈업될 게 뭐란 말인가. 그리고 평소에 낮잠을 못 자는 내가 하필이면 잠깐 조는 몇 초 사이에 찍힌 것도 억울했다. 배우들이 촬영 중 NG를 내서 수십 번을 찍었다는 이야기를 들었다. 영화나 드라마 끝에 자막으로 올라가는 스텝의 이름은 배우보다 많다. TV에 보이는 건 빙산의 일각일 뿐이다.

그 청년

＊가장 아름다운 만남은 손수건과 같은 만남입니다. 힘이 들 때는
땀을 닦아주고 슬플 때는 눈물을 닦아주니까.

-정채봉의 <만남> 중

동네 주민자치센터에 호적등본을 떼러 갔다가 거기에서 일하는
청년 H를 봤다. 아니. 이제는 청년이 아니고 중장년이라고 해야겠
다. 40년 가까운 세월이 흘렀지만, 장애가 있는 몸이라 바로 알아볼
수 있었다. 아마 장애인 의무고용제도가 있어서 근무한 거 같았다.

내가 이곳으로 이사 오기 전의 동네에 살았던 청년을 다시 보니
감회가 새로웠다.

내가 처음 그를 봤을 때 H는 초등학생이었다.

옆으로 돌린 고개로 힘들게 말했고 신발을 끌면서 걷는 모습은
넘어질 것처럼 위태로웠다. 하지만 그는 장애에 전혀 주눅 들지 않
았다. 친구들도 그를 차별하지 않았다. 학교에 가지 않는 날이면
그는 동네의 공터에서 친구들과 신나게 뛰어놀았다. 배드민턴도 치

고 손 야구도 했다. 편을 갈라 게임할 때, 몸이 불편한 그가 자기 팀에 들어오면 질 수도 있지만 애들은 상관하지 않았다. 아이들은 편견을 갖지 않고 이익을 따지지도 않았다.

고등학생이 된 그는 공고 교복을 입고 있었다. 가까운 곳에 아침 시장이 있어서 가끔 장을 보러 갈 때 그와 친구들을 본다. 실업계 학교여서 그런지 인문계보다 늦게 등교했다. 친구들은 그의 가방을 들어주기도 하고 그의 목을 감은 채 장난을 치면서 등교했다.

'너희들 참 고맙다. 그런 마음을 오래도록 지니고 살았으면 좋겠다.'

그들이 내 아들에게 대해준 것처럼 슬며시 미소가 나왔다.

그런 내가 이 친구들처럼 장애인 아이를 진심으로 대해주지 못한 적이 있었다. 딸이 초등학교 다닐 때, 집으로 데리고 온 친구가 장애아였다.

"안녕하세요?"

딸과 함께 우리 집에 온 아이는 머리가 무거운 듯 힘겨워했고 어눌한 말소리로 인사했다.

'하고많은 친구 중에 저런 아이와 친하게 지내다니….'

나는 언짢았지만 내색하지는 않았다.

둘은 방에 들어가서 장난도 치고 도란도란 이야기도 나누면서 즐거워했다. 간식을 챙겨 갖다줬더니 아이는 고맙다고 깍듯하게 말했다. 시간이 지나 아이가 집으로 가겠다며 내게 인사했다.

"엄마! 저 친구는 몸만 불편하지, 생각하는 건 우리와 똑같다고요."

친구를 보낼 때의 내 표정이 언짢았는지 딸이 내게 말했다. 부끄러움에 얼굴이 화끈거렸다. 나는 바로 미안하다고 했다.

어릴 때 나는 우리 동네에 사는 지능이 낮은 J한테 도움을 받은 적이 있었다. 30대였을 J는 애들이 함부로 이름을 불러도 그저 헤헤하며 웃었다. 그가 화를 낸 모습을 본 적이 없다. 나는 J에게서 화를 내지 않는 법을 배우고 싶었다. 현대인 중에는 쉽게 화를 내는 사람이 많다. 악에 받쳐 부부싸움을 하는 부부의 입김을 모아 독극물 실험을 했더니, 코브라 독보다 더 강한 맹독성 독극물이 나왔다는 글을 읽었다.

"J야, 너희 집에 가서 찢어진 고무신 있으면 갖고 와. 엿 바꿔먹게."

애들이 어떤 심부름을 시켜도 군말 없이 했다.

그에게는 자기와 놀아주지 않는 게 두려움과 조바심으로 다가왔을 것이다. 그런 어느 날, 친구들과 고무줄놀이하던 내가 넘어져서 무릎이 까져 울고 있을 때 J가 나를 업고 집에까지 데려다줬다. 고맙다는 엄마의 말에 그는 그저 씩 웃었다. 내 고향에 가도 이제 J는 없다.

주민자치센터에서 일하는 H를 보면서 반가웠지만 아는 체할 수는 없었다. 그는 나를 기억 못 할 것이다. 동네에서 그저 스쳐 가는 아줌마일 뿐이다. 게다가 긴 세월이 흘렀다. 애써 근무시간에 사적인 이야기를 시키고 싶지 않았고, 부자연스럽게 얼굴을 움직이면서 말하는 모습을 옆의 사람들에게 보이고 싶지도 않았다. 그는 내가 원하는 서류를 능숙하게 뽑아줬다. 고맙다는 내 인사에 그는 "안녕히 가세요"라고 말했다.

　내 우려와 달리 일 처리를 잘하는 모습을 보니 잘 컸다는 생각이 들었다. 결혼해서 가정을 가졌을까 이런 것도 궁금했다.

(2023)

백일홍꽃

가로수가 온통 배롱나무인 거리를 지나다가 친정엄마 생각에 울컥했다.

"저 꽃이 지고 나면 쌀밥을 먹을 수 있었지."

엄마의 이 말이 떠오르면서 붉은 꽃이 흐리게 보였다.

이제 고향에 가도 나를 반겨주실 엄마는 안 계신다. 60 중후반에 나는 고아가 됐다. 오늘도 안 받을 줄 알면서도 휴대전화를 들고 엄마 번호를 눌렀다. 그러다가 엄마와 통화한 내용이 저장된 휴대전화의 녹음 버튼을 눌러서 엄마 목소리를 들었다.

"엄마 건강이 많이 안 좋아졌어요. 어제 병원에 모시고 다녀왔는데, 몸무게가 40킬로가 안 나가고 뭘 통 안 잡수시네."

엄마를 돌보는 요양사 전화였다. 요양사와 나는 가끔 통화를 한다. 건강이 안 좋은 엄마가 통화하기도 힘들어할까 봐, 아니면 주무시는데 깨울까 봐 조심스러워서다. 지난봄까지도 엄마는 텃밭의 푸성귀를 그냥 두기 아깝다며 다듬어서 시장에 가져가셨다. 넓은 집에 혼자 계시는 터라 사람들과 만나서 이야기를 하고 싶었던 게다. 94세의 나이라고 해도 그렇게 갑자기 건강이 무너질지 몰랐다.

남편과 나는 친정으로 갔다.

환자용 침대에 누워있는 엄마를 보는 순간, 나는 울음을 터뜨리고 말았다. 엄마가 한동안 병원에 다녔고, 마른 편이긴 하지만 뼈만 남은 모습이었다. 자녀가 여섯인데 엄마 곁에 머무는 자녀는 없고 요양사가 돌본다. 멀리서 사는 친척보다 이웃사촌이 낫다는 말이 딱 맞다.

"바쁜데 뭐하러 왔어?"

엄마는 퀭한 눈으로 나를 보시며 말했다.

종가 며느리인 엄마는 장손 며느리인 내 사정을 누구보다 잘 알고 있다. 남편은 그날도 집안의 고장 난 것을 찾았다. 손재주가 있는 터라 친정에만 가면 고장이 난 온갖 것들을 다 고친다. 이번에도 엄마가 침대에서 받을 수 있게 집 전화기를 침대 옆에 고정해 드렸다. 휴대전화가 있지만 가끔 집 전화가 오기도 한단다. 그날도 친정에 오래 머물 수가 없었다. 엄마와 동갑인 시어머니가 집에 계셔서다. 얼른 가보라며 엄마는 침대에서 손만 살짝 들었다.

지난 설날까지만 해도 지팡이 짚고 승용차 앞에까지 배웅하신 엄마였는데 이제 그럴 기운도 없나 보다. 현관을 나오면서 엄마의 운동화를 바깥쪽으로 돌려놨다. 엄마가 현관 밖으로 나갈 수 없는 상황을 알면서도 말이다.

"엄마가 큰딸이 제일 보고 싶다고 하시네."

그 며칠 후, 요양사가 말했다.

'큰딸이라고 잘해드린 것도 없고 불효만 하는데….'

곧 엄마를 봐야겠다고 생각했지만, 시간 내기가 쉽지 않았다. 엄마가 네 명의 사위 중에서 큰사위인 남편을 제일 믿고 좋아해서 나 혼자 가는 건 의미가 없었다.

"언니. 엄마가 곡기를 거의 끊다시피 하고 큰언니 보고 싶다면서 자꾸 기다리네. 한번 왔다 가소."

7월 하순 무렵에 여동생의 전화를 받았다. 교사인 동생은 방학한 후로 엄마가 걱정돼 친정에 머물고 있었다.

남편과 나는 친정에 갔다. 엄마는 지난번보다 상태가 더 좋지 않았다. 기억력이 좋아서 건강하셨을 때는 어린 시절부터 살아온 이야기를 여러 번 해도 토씨 하나 안 틀리고 말하는 엄마다. 엄마와 통화할 때면 나는 예전에 들은 이야기인데도 처음인 양 맞장구 치면서 들어준다. 그런 엄마가 몸이 안 좋으니까 말도 하지 않았다. 남편은 너무 덥다며 에어컨을 틀려고 했지만 고장이었다. 리모컨의 건전지를 갈고 필터를 청소해서 작동시켰다. 평소 같으면 고맙다고 하실 엄마는 기운이 없는지 아무 말도 하지 않았다.

"이거 받아라."

엄마는 아까부터 손에 쥐고 계시던 구겨진 화장지를 내게 건넸다. 휴지인 줄 알고 휴지통에 넣으려고 했는데 묵직했다. 펴보니 패물이 었다. 금반지는 선친이 끼셨던 것이고, 목걸이와 은반지는 엄마가 평생 몸에 지니고 다닌 것임을 한눈에 알아볼 수 있었다. 이걸 왜 주느냐고 했더니 이제 필요 없다고 하셨다. 엄마가 주위를 정리한다 는 생각에 울컥했다. 안 가지겠다고 해서 도로 받을 엄마가 아니라 받았다. 쌍은반지를 엄마 앞에서 끼었더니 딱 맞았다. 엄마를 본 듯 지니고 있어야겠다는 생각이 들었다.

저녁 무렵, 누룽지가 먹고 싶다는 엄마 말에 나는 부엌으로 갔다. 누룽지에 물을 부어 으깨가면서 부드럽게 될 때까지 끓였다. 냄비를 찬물에 담가 후후 불며 식혀서 드렸다. 그게 내가 엄마에게 만들어 드린 마지막 음식이었다. 엄마는 조금씩 천천히 드셨다.

"큰언니가 만들어서인지 다른 때보다 많이 드시네."

여동생과 남편이 옆에서 손뼉 친 모습을 본 엄마가 처음으로 미소 를 지었다.

"너 허리 안 좋지? 골담초 액을 만들어 뒀으니 이따가 가져가."

엄마가 만들어 놓은 노란 골담초 액 두 병을 들고 친정을 나서는 데, 뒤에서 누가 당긴 것처럼 발걸음이 떨어지지 않았다.

"장모님이 내 손을 꼭 잡고 '고맙네~'라고 하시는데 기분이 좀 그랬어."

집으로 오는 차 안에서 남편이 우울해했다.

집에 온 나는 여동생에게 잘 도착했다는 전화를 했다. 한 번이라도 전화하지 않으면 걱정하시는 엄마다.

그런데 집에 오니 후회된 게 한 가지 있었다.

'이번에 엄마 만나면 사랑한다는 말을 꼭 해야지.'

이런 다짐을 했는데 하지 못했다. 내 자녀에게는 사랑한다는 말을 자주 하면서 엄마한테는 한 번도 못 했다. 그 말 한마디 하는 게 왜 그리 쑥스러웠을까? 다음에 뵐 때는 꼭 해야지, 했는데 끝내 못했다.

"엄마. 여태까지 엄마에게 사랑한다는 말을 못 했는데, 엄마 사랑했어."

나는 입관 전에 엄마의 차가운 얼굴을 만지며 말했다.

백일홍꽃은 지는 중인데 이제는 '저 꽃이 지면 쌀밥을 먹을 수 있었지'라는 목소리를 들을 수 없다.

(2024)